桂岳诗派

王先霈／主编

翠柳街

◎ 刘益善 著

华中师范大学出版社

新出图证(鄂)字 10 号
图书在版编目(CIP)数据

翠柳街 / 刘益善著. -- 武汉：华中师范大学出版社，2024.12. --（桂岳诗派 / 王先霈主编）. -- ISBN 978-7-5769-0615-8

Ⅰ.I227

中国国家版本馆 CIP 数据核字第 20246XE697 号

翠 柳 街
CUILIU JIE
刘益善 著

责任编辑：张怀东	责任校对：骆　宏
封面设计：罗明波	
编辑室：学术出版分社	电话：027-67863220

出版发行：华中师范大学出版社有限责任公司
社址：湖北省武汉市洪山区珞喻路 152 号　邮编：430079
销售电话：027-67863426（发行部）
网址：http://press.ccnu.edu.cn
电子信箱：press@mail.ccnu.edu.cn

印刷：武汉精一佳印刷有限公司	督印：刘　敏
开本：880mm×1230mm　1/32	总印张：98.125
版次：2024 年 12 月第 1 版	印次：2024 年 12 月第 1 次印刷
总字数：1950 千字	总定价：898.00 元（全十二册）

欢迎上网查询、购书

敬告读者：欢迎举报盗版，请打举报电话 027-67867353

ISBN 978-7-5769-0615-8

《桂岳诗派》编委会

主　编　王先霈
顾　问　蔡红生
主　任　秦　恒　付义朝
副主任　钟文锐
成　员　李　晶　谢　琴　魏耀武
　　　　周　义　宋汉涛　沈　思
　　　　任梦璐

前　　言

　　校园诗人历来是当代中国文学的一支劲旅。从桂子山走出去、现已故去的知名诗人，新体诗有光未然、曾卓、董宏猷等，旧体诗有陶军、黄弗同、佘斯大等。目前活跃在诗坛上的则更多。

　　华中师范大学党委宣传部和出版社从校园文化建设的角度出发，策划出版《桂岳诗派》一书。华中师范大学出版社于1997年到2011年曾陆续出版过名为"桂岳书系"的系列丛书。该丛书编辑出版的目的在于"从根本上强化学校的建设，使高等学校稳稳地站立在文化的峰顶"。因此，这次策划出版《桂岳诗派》，在拟定选题名称上也借鉴了"桂岳"之名。

　　本套书在入选诗人的标准方面，经过多次讨论，最后确定的原则是：其一，只选目前健在的诗人；其二，以中青年诗人为主体，部分年长的诗人只要创作仍然活跃，亦可选入；其三，既可以选新体诗人，也可以选旧体诗人；其四，以华中师范大学校友出身的诗人为主体。秉承上述原则，刘益善、谢克强、李少君、张执浩、李强、余仲廉、邹惟山、段维、姚泉名、胡均华、剑男、易飞的优秀诗作入选《桂岳诗派》。12位诗人中有10位为华中师范大学校友，个别诗人虽未曾在桂子山求学、任教，但长期关注、支持华中师范大学诗教工作，高度认可"桂岳诗派"，为展现华中师范大学诗教工作既立足桂子山，又走出桂子山的博大和开放理念，我们也谨慎将之选入。

从入选的12名诗人的诗体来看，新体诗人占了9位，旧体诗人只占3位。这与当下新体诗的"强势地位"是吻合的。但新旧体诗从来不应该对立，而应该相互借鉴、相融共生。从诗歌的源头来看，旧体诗是新体诗的源头。新体诗在"五四"时期才从旧体诗的母体中分娩出来，自立门户。旧体诗有2500多年的历史，而新体诗的历史不过百年。现在就说新体诗一定会比旧体诗有前途，恐怕太过武断。新体诗还在不断嬗变中，将来走向何方谁也说不清楚。但可以肯定的是旧体诗不可能消亡，它会在不同时代因融入时代特色而卓然生辉。当然，新体诗完全可以从旧体诗中吸收有益的营养，发挥旧体诗所不具备的相对自由表达的优长，不断地去完善自己。从历史上来看，那些著名的新体诗的倡导者如胡适、闻一多、何其芳等，其旧体诗功底都极为深厚；而像徐志摩、戴望舒、余光中、郑愁予等，其新体诗中都充盈着旧体诗的元素。

刘益善从华中师范大学毕业后，长期在文艺单位工作，曾任湖北省作协副主席和《长江文艺》杂志社社长、主编，培养过众多的作家和诗人。他的《翠柳街》主要是对当下日常生活的思考，遥远乡村岁月的记忆，浩浩长江上的感悟，革命年代人事的叙写，是一种多声部的合唱。作者用朴实晓畅的诗句，书写了城市繁华中那留在小街的乡愁，乡村振兴后那遗留在一隅的旧屋，那挂在奔腾的万里长江江面的夕阳，大别山里的一响而聚众四十八万的铜锣，民主人士的最后演讲，深藏功名六十五载的老兵。诗里有长吟、有短咏，充满了激情和深情，有不绝如缕的思恋。

谢克强是一位相当活跃的诗人，曾任湖北省作家协会驻会副主席、《长江文艺》副主编、《中国诗歌》执行主编，对于作家和诗人而言也是一位知名的伯乐。他的诗集《风从故乡来》所收作品主要是其近期所作，无论是故乡的风、父亲的土地、母亲的炊烟、儿时的往事，还是阔别多年重回故土的万千感怀，都使诗人将乡情乡愁作了一番诗意的诠释。这种诠释已不再是乡情乡愁，而是一种根的哲学、一种人生与命运的诠释。诗人以质朴的语言、真挚的情感、不凡的构思，将实与虚巧妙结合，更将具象升华为意象，不仅营造出诗的情感境界，也使诗作获得美的意蕴，因而既给人以思想启迪，又给人以审美愉悦。

李少君曾任《天涯》杂志主编，现为《诗刊》主编，不少新体诗人视其为"掌门人"。《心学集》是他二十多年来的诗歌结集。二十多年来，他从天涯海角到京城，从祖国大地到世界各地，以诗为证，描述所见所闻，记录生活印迹，抒发内心情感，留下思考感悟。他遵循的诗歌原则是：诗歌是一种心学，诗歌更是一种情学，诗歌应该为世界提供意义；在勤奋开拓和孜孜劳作中，在人与诗的互证中，可以诗意地栖居在世界之上。

张执浩是一位新锐诗人，现为湖北省作协副主席、武汉市文联文学院院长，曾获第七届鲁迅文学奖。《每一次告别都是阳关三叠》收录他21世纪以来创作的自己比较喜欢的作品，侧重于呈现日常生活中的情感面貌，在对亲情、友情、爱情的书写中，呈现出诗人成熟浑厚的语言技艺，展现出轻言细语、委婉随性的美学质地，并由此形成了诗人"目击成诗，脱口而出"的诗歌风格。

李强是一位公务员出身的诗人，据说其爱诗成癖，真的到了看淡名利的境界。其诗集《武汉来了》分为上下两辑。上辑写"第一家乡"红色苏区龙港，下辑写"第二家乡"英雄城市武汉，这几乎囊括了作者全部的人生。写龙港的纯粹一些，作者梦回童年、少年，看山水草木、人情世故，如一首美丽的乡村咏叹调。写武汉的丰富一些，诗人从17岁开始读书工作于此，任职于省、市、区三级党政机关，以及大专院校、国有企业，对武汉的感受是整体的，又是具体的，他的诗如一首英雄城市进行曲。

余仲廉是一位知名的慈善家，他创建的博昊基金会已资助贫困大学生两千多人。他也是一位颇有名气的文化人，在哲学、美学、书法和书法评论等方面均有相当深厚的造诣。他经历丰富、爱好广泛，写诗可能只是"余事"，却出版了十几本诗集。他的诗集《我的所有》收录了其近年来创作的部分新诗，题材与内容很丰富，风格也十分鲜明。他以哲学思考着眼于存在，以哲学思维投注于生活，将身处世界、社会的所见所闻和所感所思以及对人生、自然、历史与文化等问题的思考转化成诗。因此，他的诗歌有着独特的思想感悟、深刻的人生哲理，不仅内在的思想相当突出，而且外在的感性也得到了保存，诗与思比较好地融合在了一起。

邹惟山是华中师范大学文学院的教授，以文学地理学研究和十四行组诗写作见长，曾任《中国诗歌》副主编、《外国文学研究》副主编、《世界文学评论》主编。他至少属于教学、科研、创作三栖人才。他于诗新旧兼修，又力图在形式上有所创新。《桂岳集》是他开始无韵自由体创作之后的第一部诗集，收录了他最近三年的部分诗作，大致以编年体的方式呈现。这些作品主要表现了他在行旅中的所见所闻，但并不限于目之所及和耳之所闻，而是可以由此及彼、由表及里，抒发了他对世界大局与中国命运的思考，以及对于人生意义与自然存在的探索，具有一定的深度与广度，同时也富于诗情与画意。

段维在华中师范大学出版社做了30年编辑，任副总编、总编近20年，后来改做党务工作，现为中华诗词学会乡村诗词工作委员会主任、湖北省中华诗词学会会长。他的本科、硕士以及博士学的都是政治学，但不少人最初以为他是学中文的。其诗集《一生知己是文章》收录了其在2021年1月—2024年5月间创作的旧体诗词作品。他称自己的创作题材大致有三类，简称"三园"，即"故园""校园"和"政园"（时政诗）。他是一个有着明确目标追求的旧体诗人和诗学研究者，在守正创新方面取得了较好的平衡。他的时政诗一开始主要采用七律体裁，探讨意指的多重性和句式的多样性，后来这种风格也渗透到其他题材之中，被诗评界称为"不言体"（段维字不言）。而在词的创作方面，他又尽量保持词之要眇宜修的本性，尤其是小令还保留着花间词的气息，长调则呈现豪放与婉约兼具的特征。他的故园诗词，对父亲的书写别具一格，这是其他旧体诗人很少涉足的题材。他对校园诗词有着自己的定义，认为校园诗人所写的诗词并非一定就是校园诗词，而是只有写出了校园特色的诗词才是校园诗词。他写的学生宿舍搬家、学生晒被子、学生云上毕业论文答辩、校园防疫等题材，无不深入师生的个性生活之中。

姚泉名早年从事语文教学，现任中华诗词学会乡村诗词工作委员会副主任兼秘书长、湖北省荆门聂绀弩诗词研究基金会代理事长，可谓是专业的旧体诗人了。其诗集《掬来一捧手如蓝》收录了其在2010—2023年间创作的诗词作品400余首，在"雅正出奇，求正创新"的理念下，他以传统诗词抒写古今之事、感发天地之音。其笔下的人事景物，无不是其在游历过程中对历史的追索、对时空的叩问、对禅道的妙悟、对山水的感知、对民情的回放、对风俗的描绘、对朋友的酬唱、对世事的体会。他的作品创造性地融合古今元素，恰如其分地将当代思维与时代语言揉入古典诗词创作中，既展现了传统诗词的古雅之美，又呈现了当代格律诗词的活力。

胡均华曾经当过语文教师，当过公务员，也曾下海经商，经历丰富，现任湖北省中华诗词学会副会长兼秘书长。其诗集《云水禅音细细吟》收录了其在2015—2024年间创作的诗词作品400余首。他秉承"写真生活，发真性情"的创作理念，多取材于现实生活，从所闻、所历、所感的日常过往中生发诗意，既见家国情怀，亦具市井烟火气息。

其在艺术表达上追求情景相生、清新自然的风格，注重对中华诗词经典作品章法、技法的精研考究，并应用于指导当今诗词创作实践，倡导并践行传承与创新并行、读与写结合、入情入境的诗词创作方式。描绘诗意的生活，表达生活的诗意，是《云水禅音细细吟》所刻意追求和努力呈现的。

剑男在华中师范大学文学院当过刊物编辑和教师，是一位低调而勤奋的诗人，作品曾获丁玲文学奖、湖北文学奖。其诗集《万物都有一个安静的去处》收录了其在2015—2024年间创作的诗歌作品200余首。该诗集聚焦诗人故乡幕阜山的自然山水和风土人情，以及生存于其间的父老乡亲们艰辛而淳朴的乡村生活，集中展现了诗人渴望通过诗歌重建人与自然关系的写作理想。剑男的诗歌注重人对自然的深度介入，既有精神的高蹈，也有对生活现场的热情灌注。故乡的一草一木在诗人笔下回归自身，自然和人作为本体被再次发现，在对朴素生活的观察中渗透着深刻的思考。

易飞早年在报社做过记者，后来在杂志社做过总编，兼写长篇小说，近几年转为新体诗创作与评论。据他自己说"算是找到了感觉"。其诗集《傍晚下起了阵雨》是其2020年回归诗歌后的作品结集。其诗作题材丰富，风格不断变化，饱含热情、勤勉和朴诚的精神，引起诗坛关注。其诗艺渐至精妙，且日臻浑圆，不断有佳作出现。特别是其"亲人系列"作品，情感深沉，含义幽微，别开生面，余味厚重。他近年开启"易飞掰诗"评论系列，精读文本，从一个写手的角度直言自身感受,其庄敬、实诚、直接的论诗风格为人所称道。

　　以上只是对12位诗人的作品进行一种浮光掠影式的浏览,旨在为读者勾勒出"桂岳诗派"的总体形象:每一位入选者都有自己的特色,集合在一起会爆发出巨大的能量。武汉大学有"珞珈诗派",10年前就树起了旗帜,影响不小。后起的"桂岳诗派"能否向"珞珈诗派"看齐,或者形成"比学赶帮超"的态势,则取决于华中师范大学诗人群体的共同努力。当下我国诗坛的诗派不是太多,而是太少,为什么不可以在学校提出建立"桂子学派"的同时,也建立一个影响广泛的"桂岳诗派"呢?同时,也希望我们的每一所重要的大学,都能结合自己的优势和特色,在这方面做出一个或多个样板来。

2024年6月28日

目　录

第一辑　翠柳集

青海湖 / 003

一只藏羚羊 / 004

青海湖诗歌墙 / 005

苏轼墓前 / 007

三苏祠苏轼布衣像前 / 008

翠柳街 / 010

南水北调诗抄 / 011

　　一 / 011

　　二 / 012

　　三 / 012

　　四 / 013

　　五 / 013

　　六 / 014

　　七 / 014

美丽世界——第 10 届园博会主题歌 / 015

老祖寺 / 016

早课 / 017

斋饭 / 018

女僧 / 019

楚长城——贺彭云程先生九十一华诞 / 020

洗马长街 / 021

龟山鲁肃墓前 / 022

鹦鹉洲祢衡墓前 / 024

太阳 / 025

我用胸膛拥抱世界 / 027

我们与中国在一起 / 032

秦大安的菜 / 033

朱雄，你爸妈等你回家过年 / 035

鸟鸣 / 037

我们挺起的胸膛 / 037

旧年最后一首诗 / 042

情人节 / 043

废品 / 044

麻雀 / 045

容易 / 046

襄阳鹿门山访孟浩然 / 047

古隆中三顾茅庐有感 / 048

屈原在湖畔眺望 / 049

池杉 / 050

白帆 / 051

立春日 / 052

寡妇矶驳岸 / 053

惊蛰 / 054

朝秦暮楚 / 055

温暖 / 057

青花瓷 / 058

明天去洪湖 / 059

热干面 / 060

高考日 / 061

显化寺 / 062

  一 / 062

  二 / 063

吴小平教授 / 063

红场纪游 / 065

兴山 / 066

当我出发前往神农架 / 067

兰亭诗 / 069

小令十四首 / 070

  友谊 / 070

  白鸽 / 070

  睡狮 / 071

  长吟 / 071

  滋养 / 072

  远方 / 072

  开屏 / 073

  熊猫 / 073

  东方 / 074

自信 / 074

孔雀 / 075

静怡 / 075

脊梁 / 076

彩虹 / 076

迎接新年 / 077

问候一排树 / 078

老人与树 / 079

两株腊梅 / 081

树丛下的小屋 / 082

第二辑　乡村集

春树里的故乡 / 087

八大家 / 089

村子边的河 / 091

牧羊哥哥 / 092

嫂子 / 093

旧木桌 / 095

绿色的草 / 096

节日的村庄 / 097

旧街花朝会 / 098

遥远的书声 / 099

先生 / 100

村小 / 101

上学的路 / 102
茅屋与春联 / 103
田野上的雾 / 105
妹妹家的大白菜 / 106
湖泗窑遗址 / 107
杨由盅湾 / 109
海洋村 / 110
南桥风 / 112
雪落在寂寞的土地上 / 113
一幢旧屋 / 114
稻茬 / 115

第三辑　长江集

秭归，一支盼归的歌 / 119
孟良梯兴叹 / 124
纤夫的路 / 126
铁锁关遗迹 / 127
滟滪堆凭吊 / 128
船，从神女峰下经过 / 130
远了！白帝城 / 131
打开，夔门 / 133
夜泊 / 135
大宁河诗船 / 136
留赠东方红号客轮 / 137

江鸥之歌 / 139

江上夕阳 / 141

眺江 / 143

石岸 / 144

黄皮肤的江 / 146

标灯 / 147

江湾 / 148

西塞山 / 150

泊船的早晨 / 152

老水手 / 154

泊船 / 155

吊一位水手 / 156

第四辑　血色集

闻一多颂——纪念先生八十周年诞辰　五首 / 161

先生，不要遗憾 / 161

满江红 / 163

流囚 / 165

尾巴 / 167

最后的演讲 / 169

巍巍丰碑——献给解放襄阳战斗中的勇士们　三首 / 171

突破口 / 171

墓地 / 173

烈士纪念碑 / 174

血色红安 　七首 / 176
  红安的土地 / 176
  第七十二名 / 177
  铜锣 / 179
  乘马岗乡 / 180
  茶园 / 181
  王秀松的故事 / 183
  干娘 / 184
中国，一个老兵的故事　长诗选章 / 186
  军功章 / 186
  一只旧皮箱 / 188
  1953 年版字典 / 190
  搪瓷茶缸 / 192
  中华人民共和国地图 / 194
  老兵的军礼 / 197

第一辑
翠柳集

青 海 湖

我到高原拜访你
带着一千面湖的水声
和湖面扬起的白帆
啁啾的鸟鸣,鱼的跃动
向你问候,青海湖

我是千湖之省的儿子
湖水给了我强健的生命
我用双手轻抚你的波涛
就是在抚着我远方的亲人

独坐高原的圣湖哟
你的浩瀚你的深沉
第一蓝的蓝天第一白的白云
我看见了伟大之后的宁静
和宁静之中的力量

我沐着你的湖风
感受着你生命的气韵

当我别你回到故乡
带着你的宽广宁静和力量
从此走遍山山水水
你的教诲我牢记在心!

2009年12月19日

一只藏羚羊

你美丽的躯体是我向往的
你轻灵的四肢是我向往的
你头顶举起一双翘起的羚角
是我向往的啊,藏羚羊

当高原的风暴袭来
你用躯体挡着苦难
那疾如闪电的奔跑
不是逃离而是迎击

在草地丛林中生活
停下来啃啮着草根
你的娴雅如大家闺秀

透出的温馨令我感动

太阳下的那双眼睛
穿过洁白的云彩
那是在憧憬一种什么
和平、善良,或是一首抒情诗?

在青海湖畔,在管弦齐奏
动听美妙的音乐声里
你被授予一位老者
那个从大洋彼岸来的诗人

金色的藏羚羊,那一尊
象征勇敢善良和平的精灵
向世界宣告,诗人
所追求的境界与目标!

2009年12月19日

青海湖诗歌墙

你和我,我们手拉手
在青海湖畔站在一起

站成一堵诗歌墙
把我们的照片刻上去
把我们的名字刻上去
不分时代不分国籍
我们拥有一个共同的称呼：诗人

是把心血拌进文字的人
是把灵魂袒露世界的人
是把思想制成诗行的人
是把日月星辰万事万物
酿制成美酒的人
是有责任感使命感
热爱生命热爱自由
保持着人性尊严的人

把心血、灵魂、思想
责任、使命、自由、生命
凝成一块块石头
昂首站立在青海湖畔
在绿色草地的簇拥下
在蓝色湖水的滋润下
成为一道壮丽的风景
栉风沐雨百载千年
永远不会倒下！

2009年12月19日

苏轼墓前

先生,我自黄州来
带来黄州人对你的问候
你曾躬耕的那面东坡
如今林木翁郁,坡上的杜鹃
正开着浓烈的思念

我在东坡麦田里除过杂草
拣去夹杂在土地里的石块
先生,九百多年前为什么没有我
为你的地头送去茶水
递上擦拭你汗滴的布巾

那个长江边的月夜
一个拄杖的诗人,在此
踽踽独行,田间小道边
虫鸣鸟叫,诗人长吟——
雨洗东坡月色清
还有前后《赤壁赋》,而一曲
"大江东去",崛起了中国诗坛

一座不可逾越的高峰

先生,我自黄州来
你墓前草木葳蕤
墓后的思乡柏树林,思的何乡?
我想那一定有黄州
黄州,有你生命五十个月的驻留
黄州,你泛舟之下的赤壁仍在
黄州,你躬耕的东坡仍在
黄州,有你喜欢的东坡肉东坡饼东坡羹
先生啊,故国神游
黄州时时等待着你的归来!

2010 年 5 月 30 日

三苏祠苏轼布衣像前

很潇洒地站在中原
晴朗无云的天空下
看一群崇拜者,穿过
夹道松柏走来,走来
登二十五级台阶

站到你的面前
你面带着微笑,我们
仰望你并问:先生好!

你坎坷一生,阅尽
天下疾苦,你几度沉浮
时而朝堂,时而阶下
先生历练出的这身硬骨与侠气
引我做你永久的粉丝
一介布衣才是我敬畏的东坡

我愿侍立苏门,听你
吟明月,歌大江东去
我为你研磨铺纸,看你
狼毫翻飞,酒后一帖《寒食》
墨香越千年
在华夏大地弥漫

先生,你潇洒地站在中原大地
我静静地肃立在你面前
文人之心渗透岁月的烟雨
和千里万里的距离相融
你手握那卷翻开的书
可是文学永远的象征!

2010 年 5 月 30 日

翠 柳 街

武昌东湖边很小的一条街
街两边种的是樟树而不是翠柳
停满了没处停放的私家车
人们穿过车阵的缝隙
才能进入一家家小铺面
小餐馆最多,其次是理发店茶叶店
缝纫店门窗加工花圈寿衣店
盲人按摩收废品与东北饺子店
一间屋的超市咖啡店带棋牌室

腊月间,小店门前的晒衣架上
吊满了一串串的腊鱼腊肉腊鸡
一嘟噜一嘟噜丰满的香肠
太阳出来,这些腊货们金色的笑
在都市里闪耀着温暖的光泽
小街上有个省直机关
叫作湖北省作家协会
院子里有一个秃了顶的诗人
在腊味飘散的阵阵馨香中

在小街店铺老板旳外县口音里
在一条没有柳树三百米小街上
读到了一街筒子的乡愁

2014 年春节

南水北调诗抄

一

毛泽东在邙山的山坡上
伫立，遥望
脚底下的黄河如线
他看了北方又看了南方
他说：南方的水多
北方的水少，如有可能
借点水来也是可以的
南水北调，始于一位伟人
六十多年前的一个构想

二

碧波荡漾的水下
留下了美丽的家园
百年的老井留下
留下深情的瞩望
满坡的橘林留下
留下挂满枝头的乡愁
面朝祖山
齐刷刷跪倒一片
叩别后的男女老幼
带着相思上路

三

把最好的土地让出来
把粉墙黛瓦的楼房建好
让门前的道路平坦宽展
让屋后的园子花朵开放
我张开热情的怀抱
欢迎远道迁徙来的兄弟
从此我们就成一家人
从此我们挽起了手臂
站在江汉平原,站在大别山麓

成荆楚乡村最亮丽的风景

四

用我们千万双手臂抱着
用我们千万面胸脯捂着
用我们千万张肺腑过滤
用我们千万缕血管沉淀
捡去每一片落叶每一根枯草
拂去每一粒粉尘每一丝杂质
一座硕大的水库，一张仰天的脸庞
笑漾一池洁净一池晶莹
我们哺育着一库最优质的水啊
鄂西北镶嵌着一面照天的明镜

五

当北方的土地在缺水中枯萎
当北方的人民在缺水中喊渴
当黄河边那个构想产生
就有一个伟大的中国梦
在中国几代人中间延伸
研讨设计，院士专家论证
勘察踏访，领导现场调研
千万人几十年的血汗奉献

在世界东方,南水北调梦想成真

六

2014,中图的地图上
新画了一条长线
起笔在丹江口陶岔
落笔在北京团城湖
长线明渠三千里
滋润沿途亿万人
起笔时丹江口腾起欢歌
落笔时北京城尽是春色
喜我中华新添一条血脉
庆我北方水润城乡遍地青碧

七

谁引清泉润京华?
是那个黄河边伫立的伟人
是那个霜鬓苍发的院士
是千万手推肩拉奋战的民工
是日夜在工地奉献的工程技术人员
是那个让出家园迁往异地的老奶奶
是那个累倒在移民工作岗位的弟兄

喝上清冽甘甜之水的北方啊
请记住，谁绘长龙大地舞
请记住，水中的爱意与深情

2014年10月9日

美丽世界
——第10届园博会主题歌

一条长江滋润了你
一道汉水洗濯了你
武汉，绿色的城市
面目俊朗，立于中华大地

把日子过得香草鲜花
把人生孕得修竹碧树
武汉，园林的城市
满身锦绣，装点中华大地

我们辛勤劳动
我们挥动彩笔

如地球上人人都是园丁
世界就会变得更加美丽

2015 年 9 月

老 祖 寺

那位十岁老和尚
在鄂东山中一坐
一坐一千六百年

云烟风雨
寺前的池塘水浅
寺前的池塘水涨

山草青葱
山草枯黄
岁月如行云流水

闭目打坐
双手合十
山门外冷艳的茶花

绽放着朴素的禅

2018 年 7 月

早　　课

昨夜投宿山寺
酒醒吟唱声里

山里夜幕深垂
山腰农家的鸡啼
唤起游子的寂寞

诵经声悠扬雅致
从容的柔厚的
犹如母亲烧的山茶
从喉咙口流进胃里
熨帖温心润暖

坡上梨花正白
有人从山路蜿蜒而上
踩着诵经的节奏

披着林中鸟鸣
到山里寻找禅意

2018 年 7 月

斋　饭

两只白粗瓷碗
一双竹筷

一只碗装粥饭
一只碗盛菜和汤

斋仪诵经
阿弥陀佛
静静咀嚼斋食

我的一个朋友
实在咽不下去了

有一个小伙子
帮他把剩下的吃了

我始而惊诧
我继而肃然

2018年7月

女　僧

灰色的僧衣
剃度过的寸头下
明眸皓齿秀丽面庞
古寺一枝浅色花

是一个大雪天
在寂寞的山门外
一种震撼，此生
就留在这里不走了

大学学的环境保护
这里也学环境保护
过去保护自然环境
现在保护心灵环境

2018年7月

楚 长 城
——贺彭云程先生九十一华诞

楚长城蜿蜒如龙
盘踞于你故乡的山岭
两千七百年的风雨
无动,不毁,如石如铁

有阳光的日子
你掇一把椅子
坐在楚长城下晒太阳
内心和楚长城一般宁静

用石灰黄泥洋桃液筑成
楚长城千年后还壁立巍然
用善良信念苦难修炼
你一个半甲子后还蔼然如童

夕阳西下
楚长城和老人
在霞光中写出

远山,岁月,春天

2018 年 9 月 19 日

洗马长街

哒哒的马蹄声
从一千八百年前的石板街
穿过历史的烟尘
压过喧嚣的市声

那时的夜幕很沉
赤兔马如一道闪电
把黑暗撕开
满天的星斗在头顶眨眼

一场血战之后
将军和他的战马
从战场归来
寻找那池荡漾的清水

青龙偃月刀插在池边

赤脸长髯的将军
掬起一捧捧洁净的水
洗净宝马浑身的
泥尘和血污

赤兔马长长的啸声
给主人道一声辛苦

2018年12月

龟山鲁肃墓前

你是个老实人，做担保
把荆州借给刘备
人家借了不还
你掉进了尴尬的井里

留下一个教训
不要借东西给
那些不讲信用的家伙

你是个有谋略的人

曹操八十三万人马
从北边杀来
吴主身边降声一片

你站出来和周瑜
说服孙权，鼎力主战
联手蜀军，火烧连营

一场赤壁之战
强虏灰飞烟灭
功劳记在别人头上了

你死后葬的这座山
本来叫作鲁山
别人却改名龟山
你没有提什么抗议

安安静静在山头转悠
老实人从不去
争夺那些虚名

2018年12月

鹦鹉洲祢衡墓前

才高八斗的名士
年纪轻轻心气太高
看不惯的人,看不惯的事
张嘴就骂,骂得有文气

一场击鼓骂曹的痛快
留名青史,不废江河
骂这个骂那个都可以
就是不能骂你的领导

不识贤愚,眼浊
不读诗书,口浊
不通古今,身浊
不容诸侯,腹浊
谋朝篡位,心浊
针针见血,痛快

你的领导曹操笑了
把你作为人才荐给刘表

你又骂你的领导刘表
刘表也笑了
把你作为人才荐给黄祖

你再骂你的领导黄祖
黄祖就把你杀了

曹操和刘表借了一把刀
祢衡呀祢衡
鹦鹉洲头,留下了
一座坟墓
你是中国最早的愤青

2018 年 12 月

太　阳

我和五岁的刘雨青
在院子里堆雪人
刘雨青的红棉袄
在雪地里闪烁

她用小铲子把雪垒起来
堆了一个与她一样高的
雪墩子,上面是脑袋
下面粗壮些的是身子

我们用两片树叶
给雪人安装了眼睛
再用一块树皮
做好了雪人的鼻子

刘雨青用树枝
给雪人做嘴巴
雪人嘴巴抿着,很严肃
刘雨青说爷爷不笑

我把当嘴巴的树枝两端
稍微朝上翘了翘
刘雨青拍着巴掌喊叫
爷爷笑了,爷爷笑了

刘雨青和她的红棉袄
在雪地里闪烁
那是我的太阳

2019 年 1 月 1 日

我用胸脯拥抱世界

我在大国中国
我在大城武汉
我在美丽江夏
我是长江之南
黄家湖畔的一座村庄

我从三千五百年前走来
随着盘龙城的脚步
穿过岁月的云烟
踏着时间的风轮
刀耕火种,沧海桑田
傍水而居,茅舍渔舟
一代代人坚守着
久远的信念

当历史选择了
第七届世界军人运动会
落户在我的家乡
我便挺直三十幢高楼的腰肢

披散一千棵杨柳柔美的长发
我把梅、兰、竹、菊、荷
编织成五只斑斓的花篮
我抹朝霞在额
我摘夕阳在背
我用黄家湖的碧波作酒
我用大花山的绿道作带
我盛装出迎
张开五十六万平方米的胸脯
拥抱来自世界
一百零九个国家的客人
我的名字叫军运村

你从美洲来
你从非洲来
你从欧洲来
你从亚洲来
你从大洋洲来
你们从五湖四海来
你们肤色不同
你们语言各异
你们信仰不一
你们各奉主义
但你们都是军人
你们同台竞技

展示军人的雄风
你们在运动场上交手
增进军人之间的友谊
你们来到中国
共创军人荣耀
共筑世界和平

欢迎你们的到来
我把你们当作亲人
我把柔软的床铺备好
我把洗澡水调到恒温
我把室内的空调打开
我放一段音乐，舒缓
曼妙，温暖而又抒情
食堂里的饭菜已经摆上
中餐西餐齐备
啤酒打开后冒着欢乐的气泡
咖啡冲好了散发浓郁的芳香
中国茶绿的红的黑的白的
缭绕着千古文明的温馨
来吧，世界在我们这里相聚
享受中国美食
感受中国热情
然后到浴室洗个温水澡
躺在床上听听音乐

做一个好梦
消除旅途的疲劳
重新积聚力量
迎接运动场上的竞争

啊,当清晨的和风吹来
我们就在广场升起
一百零九面国旗
在中国绚烂的朝霞中
飘展出东方最美的风景
当我们奏响一百零九支国歌
黄家湖八百五十顷水面
绿荷亭亭,红莲朵朵
翩翩飞起的水鸟
如大师手笔,绘出一幅
可流传千古的画屏

啊,来自世界各地的朋友
这里是你们的家
一个美丽的家
一个幸福的家
一个团结的家
这个家叫军运村

我在大国中国

我在大城武汉
我在美丽江夏
我在长江之南
我在黄家湖畔
怀最诚挚的友谊
以最无私的奉献
用最优质的服务
欢迎你啊,来自五湖四海的朋友
欢迎你啊,来自世界各地的军人
我张开双臂
带着一腔深情
用我温暖的胸脯拥抱你们

我是中国的一个村庄
我的名字叫军运村
我站在地球的东方
和我的客人一起,每天
对着高山微笑
对着大地微笑
对着世界微笑
我们的微笑如旭日东升!

2019 年 9 月 29 日

我们与中国在一起

新冠病毒穿着黑色大氅
袭击我们的时候
诗人,我们该做什么?
我们能够做什么?

我们给被袭击的人们
祝福祈祷,愿他们
顽强抵抗,早日站起来
和我们一起享受春风阳光

我们给不畏危险与牺牲
日夜战斗在抗疫前线的白衣战士
写一首深情的歌
献上我们心中的问候与敬意

我们给奔驰千里来援的军人
我们给告别家人放弃休假的
各地医疗队,给各行各业
捐物捐钱的人们,写一首长诗

歌颂他们的奉献和无私

我们还能做什么？
我们还能做的就是戴口罩
多喝水，勤洗手
坚守家中不出门
我们就是与中国在一起！

    2020 年 2 月

秦大安的菜

秦大安多年前从乡下
到武汉打工，在车床上
轧掉了左手的四根手指
然后下岗，用伤残费
在郊区承包了一块菜地
种各种菜养活一家人

病毒袭击，武汉封城
驰援疫区来了万马千军
菜农秦大安在想着

想着,做一点什么事情
他在电视上看到一家酒店
住进了一支医疗队
他终于找到了他能做的
他感到十分、十分高兴

秦大安把地里的菜攒了两天
然后把菜收了,洗干净
装了满满一辆电动摩托车
他驾着他的电动摩托车
朝着那家酒店前进
起风了,下雨了,天好冷
秦大安顶着风迎着雨
他觉得风雨天冷算不了什么
那些医生护士才是英雄

秦大安骑行了三个小时
电动摩托车走了四十多公里
一车新鲜蔬菜送到酒店厨房
秦大安终于完成自己的使命
两天后,秦大安又送来一车蔬菜
他拒绝酒店给他付菜钱
他说,他想给抗疫做点什么
这点菜是他送给医疗队吃的
他帮不了大忙,只能做这点小事情

望着秦大安残缺的手掌
望着秦大安黑瘦的面庞
望着秦大安骑行远去的身影
我的心头一热,用笔写下
秦大安的菜:一共两千斤

2020 年 2 月

朱雄,你爸妈等你回家过年

在进高铁站检票的前五分钟
朱雄接到公司经理的电话
有任务,公司全员立即返回
朱雄拖着行李箱离开了车站
扭头朝南边家乡的方向张望
那里有个村子,村头站着亲人
朱雄,你爸妈等你回家过年

武汉封城,公司三千员工
车辚辚马萧萧开上了工地
为了救治新冠肺炎重症患者

火神山，一座医院十天建成
朱雄参加工作的第一个除夕夜
在一片灯河里驾驶着挖掘机
和那些推土机、打桩机一道
把高坡挖平，把低洼填满，把桩打进去
朱雄晚上七点上班，第二天早上八点下班
在那些繁忙的夜晚，朱雄透过灯光
看到他爸妈在家中做了一桌子菜
朱雄，你爸妈等你回家过年

朱雄，一个 90 后的湖南孩子
在他连续上了七个夜班之后
他们打造地基的任务完成了
第八天早上下班，他太累了
在刚刚平整好了的工地的一角
他蜷着身子睡着了，脸上盖着安全帽
让他睡一会儿吧，不要吵醒了他
等他睡醒了后，再告诉他
朱雄，你爸妈等你回家过年

2020 年 3 月

鸟 鸣

窗外喳喳喳着
我没有听懂你的话
只是感觉到你
叫得欢,叫得热烈
遇到什么高兴事
于是,这个早晨
我的心情就特别好
谢谢你,我的朋友

2020 年 5 月

我们挺起的胸膛

四月的浓绿和春风中
我回望刚刚逝去的一年
我回望封城期间的大城武汉

回望举国上下经历的
一场与新冠病毒的鏖战

春天的鲜花热烈灿烂
春天的阳光温暖明亮
春天写一首诗,我歌颂
2020,我们挺起的胸膛

那个叫新冠肺炎的毒魔
踮着脚尖悄悄地潜入
一座千万人口的大城
它来势汹汹,它百年未见
它以最快的速度传播
它向武汉向湖北向中国
发动了出其不意的进攻

保卫武汉,保卫湖北,保卫中国
保卫亿万人民的生命
阻断疫情的肆意蔓延
壮士断腕,武汉按下暂停键
一千万人封闭在一座城里

古老的黄鹤楼巍然屹立
江汉关的钟声悲壮地鸣响
长江汉水波涛滚滚

不舍昼夜,奔流不止
我是工人,我是农民
我是市民,我是教师
我是诗人,我是演员,我是摄影家
我们是一千万武汉人
我们挺起识大体的胸膛
我们挺起顾大局的胸膛

挺起胸膛,就是向前
挺起胸膛,义无反顾
永远与人民在一起
总书记亲临一线
八十四岁的无双国士
钟南山挺胸而上
拖着渐冻症的残腿
张定宇挺胸而上
巾帼不让须眉
女将军陈薇挺胸而上
⋯⋯⋯⋯⋯

挺起胸膛,就是出击
挺起胸膛,没有后退
披白衣为甲,四万二千
援鄂医护挺胸而上
短兵相接,舍命相搏

在武汉在湖北在中国
到处都是在灾难面前
在危险面前挺起的胸膛

武汉火神山、雷神山
十多天建成两座医院
在毒魔最猖獗的时刻
冒寒风，顶苦雨
马萧萧，车辚辚
四万大军除夕夜出征
吃在工地，睡在工地
没有白天，也没有黑夜
只有机械、材料、四万挺胸人

胸膛，一千万胸膛里我看到
那个在一线采访写作的作家
那个用笔歌颂抗疫英雄的诗人
那个摄下前线救人场景的记者
那首《武汉伢》的响亮歌声
那个四天三夜赶到岗位参战的护士
那个用三轮车给医疗队送菜的农民
那个冒着危险送饭的外卖小哥
那一支支青年志愿者服务大军
啊，胸膛，我们的胸膛，一千万胸膛
意志的胸膛，信念的胸膛，钢铁的胸膛

四月的红旗和国徽下
我仰望一排排胸膛
我看到胸膛上戴着的红花
我看到胸膛上挂着的勋章
武汉解封
大城已经启动
那些封城时在阳台上
挺胸高唱国歌的人们
已经投入复工复产
经济在恢复,生活回归日常
诗人还在不停地歌唱

遇见灾难后转是懦夫
碰到危险挺身才是英雄
年老的胸膛,年轻的胸膛
壮实的胸膛,瘦弱的胸膛
只要挺起,我们就会歌唱

2020,我们挺起的胸膛
挺起了,一道铁壁
挺起了,一堵高墙
挺起了,中华民族的长城
挺起了,中国后疫情时代
在新时代新征程途中

披荆斩棘,奋勇前进的
一尊光耀千古的雕像!

2020年10月

旧年最后一首诗

这样的时刻,一定
要留下一点什么
特别是在这一年

我在东湖畔拜谒屈原
那尊低着头沉思的坐像
他正在构思向天发问后
再如何向大地发问

九丘书馆把分店
开到中南医院大厅
我买了一本马尔克斯的
《活着是为了讲述》

好好活着,记住

做一个诗人，就一定要说真话

2020 年 12 月 31 日

情 人 节

这天中午三两酒后
我已忘情，忘情比
无情痴情多情要好
一树梅花在院子里
缤纷成一团红雾
太阳，孙女的填词
阳光没收冬的寒凉

长江边的芦苇飘白
大堤如蜿蜒的龙
伴江水向东飞去
我无法在河边的墓地
给农民父母点一炷香
只在窗下用笔写下
儿子的跪拜和叩首

将手机上的短信删去
一切都是过去的事
情人节离我很远
平安是福，忘情似水
流淌是岁月的清香
我心无旁骛而且安宁

2021年2月4日

废　　品

两个黄鹂鸣翠柳，文联
门口一条街叫翠柳街
与翠柳街平行的叫黄鹂路
是报业集团门前另一条街

翠柳街有很多的小店子
最显眼的是两家废品店
围绕着翠柳街有许多
文化单位，翠柳街就有文化

有文化就是废品店生意兴隆

大车拉小车拖自行车送
成捆的报纸,没有拆封的
赠送给个人和单位的杂志

文化都卖给了两家废品店
诗人看到送给一个朋友的书
也在这里,他很伤心
他伤心自己的作品成了废品

2021 年 9 月 12 日

麻　　雀

麻雀飞走了,天冷
东湖边的树林里
有许多鸟窝挂着
麻雀住在里面吗?

在书房读一本书
一个叫海飞的作家
写了好多谍战剧
其中有一篇叫《麻雀》

上海弄堂，石库门
汪伪政权，军统中统
陈深是中共红色间谍
机智与生命换来情报

一群麻雀超低空飞过
可爱的精灵，你好！

2021 年 9 月 12 日

容　　易

出文联院子左拐
是东湖路，过地下通道
朝前走五百米，东湖公园
就像我家的后花园

进东湖公园西小门
是屈原纪念馆，人少
我就站在屈原像下
和清瘦的三闾大夫谈诗

　　骚体过于艰涩豪华
　　口语诗比较亲近百姓
　　诗要百花齐放
　　古今一样的道理

　　时候不早了，我起身
　　向屈原像鞠了一躬
　　道声再见夫子，我们
　　别时容易见时也很容易

　　　　　　2021年9月12日

襄阳鹿门山访孟浩然

　　这满山蜻蜓翩飞，负离子
　　充溢，花红树绿的地方
　　山真的不高，有孟夫子
　　还有诗歌，就有名气

　　到襄阳鹿门山拜访孟夫子
　　时光相隔一千三百来年

诗人的心灵感应是相通的
诗是诗人见面的一张名片

三月，春风骀荡着迷醉
山门外孟夫子醉卧石床
在先生身边静静地坐下
不要吵醒他，且默默吟诵

他在清晨梦中听到风雨
晨起而吟，不觉晓的春眠
啼叫的鸟，风声雨声
院子里一片落花，一首传世小诗

2021 年 9 月 19 日

古隆中三顾茅庐有感

有本事的人，书读得多
在乱世找一处山筑茅庐
躬耕陇亩，唱自编的歌
自给自足，闭关养身心

名声要传出去,让世人
知道此地住着个大隐士
有人上门求见,就睡觉
他来三次才正式接见

见面就说一番大道理,把
来人的心打动并且征服
从此你就辅佐这个人
忠心耿耿,鞠躬尽瘁

有本事的人如果四处
找人推销自己的本事
结果也许会无功而返
让人来求比自己去找要好得多

2021 年 9 月 19 日

屈原在湖畔眺望

浩瀚的水面碧波在荡漾
宵小谗言君主怀王无能
振兴楚国蓝图成了空想

《天问》倾尽心中万千不解
《离骚》赋九死不悔的志向
《九歌》抒尽伤感还有思念
诗人枯槁一颗初心不忘
行吟泽畔风雨啊日复日
向水而生湖畔一颗太阳

2022 年 4 月 18 日

池　　杉

把树种在水里，我想
很可能会长成一条鱼
或者一只乌龟，甚至
一朵粉红的莲花

可水里还是长出一棵树
一棵树一排树一片树
近水的下半身营养过剩
就粗壮就富态就肥硕
农民叫它们大屁股树
在水乡长出一道风景

如果把意念种在水里
用微浪用碧波用
水上阳光作为养料
那就能长出一首诗吧
一首内涵丰富水汽氤氲
好肥硕、好肥硕的诗

2022 年 5 月

白　　帆

我见了那些白帆
挂起了一片望
风樯动的诗意
挂起了旧日码头的繁荣
挂起了渡江作战的雄风

白帆挂着是一片云
白帆飘过是一片云
白帆远逝是一片云
白帆重现了江边
少年几十年关于云的忆念

白帆在这里高高挂着
它挂着一脉脉乡情
它瞩望远行人的脚步
它挂成一支支画笔,画出
游子心中那道温暖的地平线

2022年5月

立 春 日

一伙樟树在操场边站着
樟树下两只斑鸠,一只黑色
一只麻色,喁喁私语
近午的太阳软绵绵的
手机屏幕上写着"立春"

站在操场上抽一支烟
我在倾听斑鸠的交谈
从今天开始要做事了
麻斑鸠黑斑鸠分开了
在树下寻找可口的食物

我决定从操场回到家里
读一会书写一会字
到厨房里淘米择菜
把客厅卧室打理整齐
把世俗的日子过得有滋有味

离开樟树和斑鸠
我望着它们笑了一笑
正午的太阳这时振作起来
樟树的旁边有一棵桃树
散开的枝条爆出粒粒花蕾

2023 年立春日

寡妇矶驳岸

明朝嘉靖年间至今
长江驳岸的五百年
今夏长江水浅,驳岸下
是嶙峋的乱石抛洒
纤夫没有了,驳岸
成了国家级保护文物

从驳岸下到江边,我
瞪着那浅浅的江水
大哭,哭五百年前
浊浪击打高崖,卷走
正埋头弯腰拉纤的纤夫

寻夫的妻子从四方而来
千万个寡妇用鲜血和骨头
在古江夏一处叫槐山的脚下
修筑成一道七十四丈长的
花岗岩纤道,从此以后
让拉纤的男人平安回家

2023年3月6日

惊　　蛰

惊蛰我等雷声,阳光
把一树红玉兰变得灿烂
潴留了一个冬天的抑郁
被挂在高高的树上吹去
疫情封闭的肺叶打开了

尽情呼吸甘甜的风

惊蛰的雷声还没有响起
春天处处蓬勃着生机
楼顶上的旗杆扬起一抹
蓝天的红晕,我的祖国
带领着人民准备,在
一个万物苏醒的春天起航

惊蛰的雷声从远处轰轰
而来,朝我们一步步逼近
把徘徊丢掉,把负担卸下
惊蛰的雷声是响亮的召唤
虫子都醒了,人怎能沉睡
我们踏着雷声,走进了田野

2023 年 3 月 6 日

朝秦暮楚

一座古关,两千七百多年后
几个文人爬到关垭顶上

关墙南北蜿蜒一片青葱
野花们开得自由自在
在微雨中笑得晶莹缤纷

我们到关口之东照相
站在两千七百多年前的楚国
我们到关口之西照相
站在两千七百多年前的秦国

住在关垭东边和西边的人
两千七百多年前都是
日出而作日落而息
凿井而饮耕田而食

早晨打黑色旗帜的军队
来了，他们是秦国人
傍晚打红色旗帜的军队
来了，他们是楚国人
他们就变成了朝秦暮楚
照旧日出而作日落而息
照样凿井而饮耕田而食

2023年4月

温　　暖

阳光轻洒窗台
楼下一棵桂花树
树叶眨着层层叠叠
流盼妩媚的眼睛

从乡下飞来的
一只白肚皮的小鸟
栖息在水池边
梳理着好看的羽毛

阳台上晾着一群衣服
孙女的黄褐色外衣
胸前有一只老鸭
呷呷地叫着
在这个深秋的早晨
绵绵地温暖流过

2023 年 5 月

青 花 瓷

白底腾浪，朵朵如花
烈焰满空，帝威如青云
京师八百里快马哒哒而至
边关烽火，山海关外告急

老窑匠蹲窑前日日夜夜
火候到了，有条青龙腾起在
我四百年后的一只笔筒上

故乡，有英雄应召出关
辽东兵马，狼烟四起
努尔哈赤只惧楚蛮

我由笔筒取笔
写大明经略熊廷弼
帝业何在？只遗下
案头一只青花瓷

2023 年 6 月 8 日

明天去洪湖

明天去洪湖,距上次
到洪湖二十八年
那次住在新堤宾馆里
想念一个人好长时间
我没能睡成一个好觉

明天去洪湖,我会安静
住进安排给我的房间
先构思写洪湖的诗
然后睡一个甜甜的觉
再回忆当年的画面

浩瀚的波涛上面
停泊着一艘水泥大船
清晨,许多小船从四面八方
欸乃而来,送一个个孩子
背着书包到大船上学

蓝天与蓝湖相映
一个女人坐在小船上
粉红衣裳粉红纸伞
一朵盛开的水莲花娇艳
明天去洪湖，我寻找莲花

2023年6月9日

热 干 面

天气一天天热了，早晨
没有翠柳的翠柳街
小餐馆一碗热干面5元
芝麻酱拌面越拌越香

刘赋在上海街头发朋友圈
他在吃正宗武汉热干面
15元一碗，他想家了
刘赋吃出了武汉味吗

翠柳街两边的香樟树

举着一把把绿色的伞
这个早晨我愉快,武汉
热干面只要 5 元一碗

2023 年 6 月 9 日

高 考 日

2023,参加高考学子
中国有 1291 万人
而把心放在高考日上
有我和几千万个家庭

都希望孩子考上一个高分
我却看到一条微信
全国政协委员王平提案
农村孩子不一定要考大学
因为农村缺少年轻人

我同时又看到另一条微信
中国神舟十六号载人飞船

总设计师名叫容易,一个
从恩施大山里高考出来的妹子
高考日啊高考日,我无语

2023 年 6 月 9 日

显 化 寺

一

蜿蜒的山径如线
牵我夏日进山
两边林木葱茏
寂静在时间里丁冬

向晚的显化寺慈祥
夕阳在东边稍作停留
山林立即一片金黄
坐在山腰的佛们
微笑出了信众的向往
阿弥陀佛,我双手合十
我心里升起一轮月亮

二

有一种东西叫禅
禅是胸中无阻滞
禅是眼中无艳色
禅是心上的一阵轻风
禅是脑中的一道灵光
禅是世界的深和浅
禅是人间的重与轻
禅是净,禅是空,禅是悟
禅是我读万卷书
禅是我走万里路
来到这寂静殿堂的获得

2023 年 8 月 22 日

吴小平教授

儒雅甚至有点腼腆
我们在一个旅行团
成了同行的朋友,你

一个大学油画系教授

在俄罗斯,皇村中学
你问我普希金的
假如生活欺骗了你
后几句是什么?

我们一起背诵:
不要悲伤,不要心急
忧郁的日子里需要镇静
相信吧,快乐的日子将会来临

冬宫,琳琅满目的油画
你的心与眼贴在上面
你说真想永远留在这里
没想到一语成谶

木房子景区一片绿草地
久远的木头记录着岁月
我们一间间地拜访时
你却捂着胸口慢慢地倒下

任我们呼唤,救护车飞驰
你却没有回来
你留在了俄罗斯

那里有油画与你做伴

2023 年 9 月 13 日

红 场 纪 游

红场其实不大
铺在地面的砖
很有一些年代
像是从老城墙上拆下的

天气有些冷，我们
快走着瞻仰列宁墓
和红场周边的许多坟
看到教堂，甚至
走到普京办公室的对面

傍晚，一个醉了酒的
高个子美丽的俄罗斯女人
"哈拉索！哈拉索！"她对我说
"哈拉索！哈拉索！"我礼貌地回答

接我们回酒店的车来了
她要跟我们一起走
导游却一把推下了她
我们的车飞快地离开了红场

2023年9月13日

兴　山

到了王昭君的故乡兴山
我要问的第一个问题是
当年那个美丽的女孩
是坐轿还是被人背出山的？

汉宫迷离藏住春色未晓
万里和亲汉元帝悔之晚矣
匈奴不光是拜倒在石榴裙下
还有我荆楚女儿的聪明和才智

青山绿水香溪河桃花鱼
我仰面青空，白云远去
黄沙滚滚，马嘶雁鸣

美丽的女儿,去了!去了

那一曲琵琶,哀怨的琵琶
悦耳,凄婉,像一阵风
在原野上吹着,吹着,吹着
一时跌落下多少忘飞的大雁

塞外青冢,一缕香魂飘中原
回了,回了,在兴山那个小村
我坐高铁心怀崇敬而来
欢迎荆楚的女儿回乡省亲

2023 年 9 月 14 日

当我出发前往神农架

当我出发前往神农架
就想到那年在你山中的家
屋外在下着不大不小的雨
屋里的盆子接着漏下的水滴

趴在一张白木桌上的人

用一只罐头瓶子喝水
从一堆各种各样的破本子中
抄写整理着一部史诗

你的家呢？老婆被人拐走了
四壁空空，一床破絮一个灶
你是省管专家呢，你的收入
都用来买了这些流落在深山的歌本

没有倒茶让座，你眉飞色舞
拿出中国民间文学专家的信
给我介绍你整理的这本东西
它是一部汉民族的伟大史诗

当我出发前往神农架
我是一定要去看你的
《黑暗传》，已经出版，
胡崇敬却已成了山中的一丘坟茔

2023 年 9 月 14 日

兰 亭 诗

一千六百年前的石溪
一泓清水还在流淌
树肯定不是那时的
我在溪边的石头上安坐

等弯曲的水流把酒觞
停在我的面前,酒味
不是昨日,我一饮而尽
按规定写一首兰亭的诗

不用电脑和微信输入
铺宣纸提羊毫,我
把这江南的饱满春色
写得缤纷而又千姿百态

王右军写天下第一行书
我当然想写像他那样的行书
但不过兰亭一梦,人在
石头上醒来,众声喧哗

2023 年 9 月 14 日

小令十四首

友　谊

一个民族举起鲜花
一个国家绽开笑颜
来吧，朋友
我们在北京相见

友谊是热的
如这火红一片
感情是深的
如这蓝天般高远

白　鸽

中国人喜欢白鸽
它是可爱的生灵
中国人饲养白鸽
中国处处飞翔着和平

把白鸽放进花丛
和平被鲜花簇拥
白鸽展翅高飞
和平遍撒宇中

睡　狮

睡狮早已醒
沐一片阳光
凛然大气
不愧百兽之王

雄风抖擞
抖出红花金菊开放
啸一声吧，中国
那声威如雷震响

长　吟

凌波踏浪
一片花的海洋
举足扬首
东天一道金光

长吟一声奋起

沸了五湖三江
传人十四亿
都在奋发图强

滋　养

土地有无限滋养
播下一枚构思
就长出个绿色宝塔
一根竖起的手指

绿色是不朽的颜色
笔蘸绿汁
就能在大地书写
不朽的生命之诗

远　方

马踏飞燕
那个传说不论
扬起你的劲蹄
驰过铺花的草坪

奔驰才有价值
远方有迷人风景

披一身风雨
踏不歇足音

开　屏

是大显身手的时代
有色彩就绽放色彩
有热情就释放热情
花山花海处处沸腾

孔雀是爱美的族类
孔雀有寻求美的心灵
在这争妍斗艳的地方
孔雀哪能不开屏

熊　猫

嬉戏在花圃
你们这一对国宝
人民给你们什么寄托
你们可曾知道

你们纯洁可亲
你们代表美好
见到你们就见到中国

熊猫,一种美的代表

东　方

世界向北京瞩目
亚洲朋友光临
不仅仅是体育盛会
中国在鼓掌欢迎

百花开放友谊
彩旗摇动心旌
亚洲心跳成一个频率
东方在跑道上前进

自　信

在这无声处
听见锣鼓敲得激昂
一排绿色的狮子
把欢乐踩响

是盛大节日
还是嘉宾来访
欢声笑语里
一个民族自信而有力量

孔　雀

一只盛装的孔雀
歇在天安门广场
刹那间北京尽春色
中国处处呈吉祥

一只盛装的孔雀
朝着远方眺望
它怎么可能东南飞
吉祥鸟有了永久的故乡

静　怡

可以是安静的处所
但不是怡然自得的地方
虽有不谢的花簇
虽有鹤在水面徜徉

可以在静中沉思
可以在怡中遐想
总应有新的东西
在静怡园里成长

脊　梁

陆地上的海啊
起伏跌宕
落下红的波谷
卷起黄的巨浪

陆地上的海啊
彩波荡漾
荡开红润的笑脸
耸起黄皮肤的脊梁

彩　虹

心中飞出的半圆
色彩搭成的桥
连接了你我
从此我们分离不了

向着彩虹走
脚下是宽展的大道
肩并着肩手挽着手
彩虹是我们的笑

2023年12月订正

迎接新年

树也要过年的,它
默默又加了一圈年轮
新年的早晨它很精神
新年的早晨我也很精神

我们在雾气与晨岚中
一起仰起了头
张开有力的臂膀
迎接东边那一轮太阳

树与我是很好的
我们一起住了三十年
树的茁壮浓绿
是我的青春年少

树的壮实和枝丫四夆
是我纷乱的中年
树的伫立与一团秋色

是我安度退休后的宁静

     2024年1月1日

问候一排树

新年的第一天早晨
大家抱着手机刷短信
美好吉祥都是好话
祝贺的语言患了
同质化的毛病

我在手机上回刷完毕
然后脱身而去
这个早晨要做点什么
把发热的手机轻轻放下
我望向楼前的一排树

杨师傅一头白发
站在一棵树下
脚下是一只铁桶

桶里有一把扫帚

扫帚蘸了桶中石灰水
他轻轻地刷在树身上
一上午，院子里的树
都穿上了漂亮的白裙子

杨师傅你好，我说
你刷着一排排树
像我们在刷着手机
我们问候亲朋好友
你在问候一排树

2024年1月1日

老人与树

院子里有四棵樟树
和一个老人为邻居后
樟树挺拔茂盛
老人矍铄健旺

老人扩建房子
将一棵树移到另一个地方
老人的房子建得很漂亮
移栽后的那棵树却死了

那天老人在小街上走
一辆摩托车开过去
将老人撞倒在地
老人再也没有醒过来

剩下的三棵樟树
成互相拱立之势
生活着成长着伸枝展叶
浓淡有致郁郁葱葱

我望着三棵樟树
樟树旁那没主人的房子
我怀念矍铄的老人
我怀念那死去的樟树

2024年1月26日

两株腊梅

坡上的竹子、芭蕉绿着
在这冬天的早晨
所有的叶子和颜色
都有一些哆嗦和萎缩

坡下并排站着两株腊梅
矮小也不挺拔
树干和纷纭的枝条
冷风里看不到它的颤抖
枯褐色却如铁般坚硬

没有竹子的绰约
和芭蕉的婀娜
腊梅在冬天里坚持
执着地在枝条上爆出花蕾

再等几天,它一夜
突然绽开万千花朵
五色缤纷装点这寒天

的色彩和早春的明媚

我的腊梅树,我的一个
叫腊梅的妹妹
我们的冬天里,蕴藏着
随时到来的蓬勃春天

2024年1月27日

树丛下的小屋

北边围墙下,五棵树
伸出各自的手臂,张开
浓浓的碧绿的树叶网
遮挡着一间低矮小屋

一个清洁女工负责
四栋五层宿舍楼打扫
她爬上去她又退下来
她把四栋楼擦拭得很干净

她累了,她在围墙的树下

搭了一间小屋，很小
用她捡来的废板子
废砖头还有塑料瓦
屋子里摆着捡来的沙发

北边围墙下，五棵树
遮挡着一间低矮小屋
中午，一个清洁女工
在浓浓的碧绿的树叶
庇护的小屋里睡得正香

2024 年 1 月 29 日

第二辑

乡村集

春树里的故乡

我的故乡在江夏
在江南的春树里
那些树如风如雾
那些树如烟如幕
那些树如披在故乡
身上的绿色袍褂
村庄因此就显得年轻
而充满了进取精神

我的故乡在江夏
我的村子们在风里扬首
我的村子们在雾里飘逸
我的村子们在烟里吟诵
我的村子们在幕里孕育
江南的才俊从这里走出
乡村的 GDP 在这里生长
还有酿得浓浓的乡愁
在这里等待着游人阅读

我走进了我故乡的村湾
是谁将旧墙颓瓦擦去了污痕
把一幢幢楼房扶直了腰身
是谁布下的创意格局
房屋错落有致一家一园一风景
村路上没有猪粪鸡屎
连细小的垃圾都不见了踪影
五月的鲜花开满了篱笆
树荫下的秋千飞旋起歌声
水塘是一面面透明的镜子
映照游子的乡愁荡起了波纹

我的故乡在江夏
在江南的春树里
小朱湾,童周村,高路村
田铺游湾,大路村,青莲庵村
凤凰湾,保福祠村,新农村村
我故乡数不清的村湾如星辰
镶嵌在绿色的原野
在太阳的照耀下发光
在绿色的波涛滚过之后
露出她们明媚的笑脸

我的故乡在江夏
在江南的春树里

我故乡64万乡亲
生态立区，环保先行
江夏是绿色之乡
江夏是鲜花之乡
江夏是生态之乡
江夏是开放之乡
武汉南门楚天首县
我的故乡在春天的树里
我的乡愁就浓得像化不开
的绿，在天下游子的心中葱茏

2013年12月

八 大 家

四哥是腊月三十做完工程
从老板那里领到工钱赶回家的
他把一沓钞票交给四嫂
他将一挂万字头的鞭炮
给儿子在大门口点着
轰隆隆爆响旧年的辛劳
轰隆隆炸响新年的希望

四哥打工的省城已经禁鞭
乡下放过鞭后再吃年饭
这才像个过年的样子

八大家是武汉南边的一个村子
城镇化正向它一步步走来
平房楼房掩在杨树苦楝树里
还有我家无人居住的旧屋
门上都贴了鲜红的对联
远远望见村子上空袅袅的炊烟
年杏味能飘散十里八里

正月初一恭喜发财
拜年的人络绎不绝
还在城里没回家的人
正想象少年过年的麦芽糖味——
大哥,马年吉祥平安
手机里的短信响了
传来我长在村里的乡愁

2014 年春节

村子边的河

村子边的那条小河
河面越来越窄了
河水越来越黑了
河里打不起鱼来了
河里没有船行了

河边的村子楼房多了
村子里的人却少了
八爷九爷都是癌症死的
十三叔五十岁花光他
办涂料厂赚的钱
也死了。那个办水泥厂的
河南来的厂长走了
走的时候被人用担架抬着
他的肝上据说尽是瘤子

村里的年轻人都走了
到南方到北方到省城
去卖力气去各种工厂打工

把些老的和弱的丢在村里
住空荡荡的楼房
患没法治愈的病

村里唯一的读大学的孩子
张家那个叫张新村的
在省里报纸上发表了一首诗
说小河上游的那家化肥厂
杀死了村边的小河
杀死了河边许多乡亲
杀死了他永久的乡愁

2014年春节

牧羊哥哥

阳光很均匀很温暖
一个人和一群羊
挂在褐绿的斜坡
六七朵白云暖碇
一滴墨黑点在其中

鄂西北,我的鄂西北
冬天一点也不萧条
公路边,我等你
牧羊的哥哥,从山坡
缓缓地下来,提着羊鞭
穿着黑皮棉袄
挥鞭,挽来一片白云
羊群把我们围在一起
哥哥,我们拥抱
有人用手机拍照
拍下我四十年的思念
山坡和羊群做了背景

2017年12月

嫂　　子

嫂子,圆圆脸的嫂子
好看的年轻的嫂子
给我洗衣服缀扣子
烧热茶问寒暖的嫂子

怎么就这样老了呢

生了四个女儿不甘心
最后生了个儿子才罢休
嫂子,青丝换了白发
粗布补丁衣服换了羽绒服
住进了白墙红瓦房
却将三间土屋留在一边
你是让那土屋等待
我这个四十年才归来的
工作队队员弟弟吗？嫂子

那个当年一头乌发的年轻弟弟
如今也两鬓斑白
头顶上秃出一片光亮
和嫂子一家合了一张影
四十年后的全家福
我们思念了很久很久

2017年12月

旧 木 桌

南窗下那张旧木桌
已变成褐黑色了,油污
一层尘土与时光结的垢
看不到当年的颜色

一缕阳光从窗外斜照
那个年轻人伏在桌上
在读一本书,写总结材料
或者家信,也可能是一首诗

工作队后来走了
年轻人也回城里去了
今天,一个苍颜老者站在桌边
让泪水模糊了双眼

在旧木桌边坐下来
再也回不到从前了
旧木桌默默地,迎接

见到一个陪伴过的朋友

2017 年 12 月

绿 色 的 草

六十年前的河水,流着
我故乡的兔年除夕
踩着岸边的泥沙
我很安详和平静
岁月让一切老去
河水浊黄卷起苍老的浪
我怀念少年的清波粼粼

孙女稚嫩的手在玩沙
她发现一株长在沙地的
小草,爷爷这里有春天
老师说春天有绿色的草

有绿色就有希望,牵着
稚嫩的手,牵着我的春天
当绿色染遍河岸时

河水就扬起清波唱歌

2018 年春节

节日的村庄

门楣贴着春联,门上挂着锁
楼房一栋栋并肩相望
楼前楼后停着几辆小车
村路上有三两个人走动
村里的狗稍有点寂寞

三婶在菜园里采摘大白菜
三爹在屋门前晒太阳
手上夹着一根过滤嘴香烟
看两岁的孙子跟在哥哥后面
用香火点一根鞭,乓的一声
一只溜达的母鸡没有防备
咯咯咯地夹着翅膀跑了

等一会,儿子媳妇就带着
两个孙子回城里去了

三婶要跟着去城里帮忙
三爹不愿意去,现在
他抓紧时间看他的两个孙子

2018年春节

旧街花朝会

红色的太阳直射
在原野的油菜花上
泛起一片耀眼的海

一条流过三座庙宇的河
河边一条乡村的街
这条街叫旧街,很旧
旧得可查到两千年的祖宗

八百年前,乡村人在河边庙旁
交易农具、牲畜、农产品
在旧历二月十五花朝节这一天

八百年后,一个从乡下

进城的乡村诗人又回到乡下

在一条很旧很旧的街上
穿行在十万人组成的花朝会

买到了童年,买到了往日
买到了一行浓得化不开的
字字裹满了乡愁的诗句

2019 年 3 月 24 日

遥远的书声

朗朗的童音从久远的
时间隧道,穿过历史烟云
我的热泪悄悄湿了衣襟
看到了故乡的那所村小

有一只羊,它有两个孩子
小羊儿乖乖,把门儿开开
先生摇头晃脑,我们摇头晃脑
动听的书声在乡村缭绕

狼装作妈妈叫小羊开门
小羊儿乖乖,把门儿开开
小羊识破了,把门关紧
从此我们提防化装成羊的狼

阅读是摇头晃脑地唱
天——明天的天
地——种地的地
人——我们是人的人

2021 年 9 月 11 日

先　　生

先生刘凤岐肥头大耳
论辈分我叫他太爷爷
先生夏天穿黑香云纱裤褂
先生冬天穿蓝布长袍子

先生一点也不像村里人
村里人都穿得很破烂
先生有一把量布的尺子

用来打不听话的学生

先生给我们上语文课
新疆吐鲁番有条葡萄沟
那里的葡萄又大又甜
先生说一定要让我们吃一次

先生的女婿在北京工作
先生暑假从女儿家回来
在课堂上打开一个纸包
然后给我们每人发一颗葡萄干

2021年9月11日

村　　小

青砖黑瓦三间平房
东西两头是教室，中间
是办公室，坐着先生
村里唯一的青砖瓦屋
掩在一片土砖茅屋堆里

我发蒙读书的村小
我走三里路上学的村小
我读一年级二年级的村小
我人生读书糊涂始的村小

一个乡村的孩子在村小
起步，背一个蓝布小书包
后来背着粗布被子到县城
再后来坐长江的轮船上省城

我永远的村小
我没有毕业的村小
我走千里万里，我
还要在我的村小里读书

2021 年 9 月 11 日

上 学 的 路

四方块到八大家
小湾子的伢到大湾子
上学，穿过田野的小径

我七岁开始走上学的路
这一走就是一辈子

走乡间的泥巴路
走山里的石子路
走城市的水泥路
走江河风高浪大的水路
走云中迢迢无尽的天路
千里万里十万里
这条路没有尽头

只要我的脚还能走
只要脚下还有路
我就要走下去
永远的上学路

2021年9月11日

茅屋与春联

八大家村，三百一十户人家
第一排到第八排

楼房连楼房，两层或三层
参差夹着些平房
都是青砖红瓦
我找不到茅草屋了

壬寅年春节，家家贴春联
从第一家到第一百四十九家
吉祥幸福，字体
龙飞凤舞五花八门
都是些印刷品
还有些是银行送的

我手写了一副
贴在第一百五十家
八大家唯一的一副手写春联
面向黄土牛耕富贵
背朝青天虎啸平安

找不到茅屋
八大家村没有了贫穷
找不到手写春联
八大家村丢失了文化

2022年3月

田野上的雾

积攒了几十年的念想
我回故乡,伫立田野
淡紫、乳白、浅灰、青蓝
晨雾繁复又甜润

我站成一棵树
长在田塍边
雾把我包围、浸透、锁牢
我愿是故乡的囚徒

我说的话褪不掉家乡味
喜欢写乡村故事乡土情
从田野带到城里的心
天天都想来故乡

我想截取一片
故乡田野的雾幔
带回城市去,挂在窗前
春天来了,一片葱茏

我的念想就绿了

2022 年 3 月

妹妹家的大白菜

正月初三下午
我们开一辆思域车
地里,刘锦屏挥刀砍割
一棵又一棵大白菜
把思域车的后备厢装满

开回武昌
把车上的大白菜搬上楼
再打电话通知朋友
你一棵他一棵她一棵
这是我妹妹在乡下种的
使用的是农家肥,是有机菜无污染

晚上,一家人围坐桌边
吃一个大白菜煮肉丸子火锅
火锅咕嘟咕嘟响得有激情

我们大快朵颐,吃出了
一缕乡愁和实实在在的温馨

2022 年 3 月

湖泗窑遗址

安史之乱,晚唐的烽烟
从五代十国开始燃起
大湖连泗水,过长江
莽林远山,荆楚遗族

江夏之南,湖泗之滨
隆在林间的龙脊骨
趴在山村的土馒头
窑膛内的柴火噼啪作响

火焰舞蹈着江夏人的
釉色的脸盘釉色的四肢
和窑膛内的杯盘坛罐壶盆
那是一场火与人与物的配合

大火小火，烧窑人掌控自如
让龙窑馒头窑满肚子胚胎
修炼筋骨，孕日精月华
成就那一身天青与白青

一百八十座窑顶烽烟不断
湖泗窑里走出来晶莹的瓷
天青云青月亮青世界青
辉耀了一个文明多彩的中国

晚唐的烽烟在湖泗瓷窑
燃烧了宋和元，一共六百余年
然后慢慢地熄灭，多年后
江夏南留下了国家级别的遗址

夏天，一个闻名而来的诗人
踏访了绿荫掩映的荒坡
捡拾了三块破碎的青瓷片
包在一张红色的大纸里

2022 年 7 月

杨由蛊湾

从江西逃荒过来的
穷小子杨由蛊先生
那是大清多少年无记载

他逃到这荒野里
折断树枝捡拾野草
搭个窝棚住下来
吃野果子喝山泉水
挖地开荒种红薯玉米
还猎取一些小动物改善生活

后来有一个逃荒的女子
也到了这里,他们结合
他们就生儿育女
儿女们又生儿育女
家族慢慢就繁衍,人多了
这里就有一个杨由蛊湾

一百年过去了又一百年

过去了,湾子没有变富
一个有志气的小子走出去
他叫杨驰升,他在外面成功了
他回归故里,他反哺家乡
他把杨由盅湾打造成中国
乡村振兴的一个示范村

一个诗人在江夏南访问
在一个绿荫覆盖的村子里
记住这个村子里的两个名字
杨由盅创造了一个村子,杨驰升
建设了一个富裕美丽的村子

　　　　　　　　2022年7月

海 洋 村

这里的夜晚,才是
青蓝色的无边海洋
天上的星子眨眼
村庄像航行的船队
我在一个舱房里傍着

窗户，看海上的明月
心里有苏小明遥远的歌
军港的夜呀，静悄悄

这里的黎明，才是
淡紫色的辽阔海洋
密匝匝的树和竹林
曙光下飘带般的
路，是海浪卷起的波纹
有车从小路上开来
像是潜水的小艇浮出海面

这个村没有海，这个省
这个市，这个区没有海
我却看见明月夜的海
我却看见曙光现的海
诗人说，大海是宽广的
蓝天是宽广的，但更为
宽广的是我们的胸怀
面朝大海，春才会暖花才会开

2022 年 7 月

南 桥 风

古驿道被南港河截断
那渡船载不动十万火急的
军令，朝廷邸报，流放者的
哀愁，赴任官员的急迫
铎铃在苍茫的四野里响起
夜风里的元朝缤纷喧嚷

桥，打通阻隔的道
桥，连接断裂的针
桥，跨江过河的路
桥，积德行善人的功德
至正九年己丑之春
饶东方鼎力兴建了江夏南桥

一座桥弯成月亮全身以伏
古驿道从此联通六百年
南港河边的水草已更换颜色
绿草掩住山崖露出远古的青
一群群旅游者远道来访

在长满青苔的麻石上阅读苍凉

武汉南年龄最大的桥
江夏南遗留下最长寿的桥
南港河边有花年年开放
南港桥上有人来来往往
我在南桥上沐浴夏日的风
领略六百年前的刚劲和
六百年后的和畅与温馨

2022 年 7 月

雪落在寂寞的土地上

寂寞好久了,无人问津
包谷林、红薯蔓、小麦苗
已经是往日的事,如今
几茎枯草,三两根残藤
躲在山间,仰望清澈的天空

很久没有翻耕的快感
很久没有汗润的滋味

很久没有受孕的知足
很久没有生产的喜悦
这块土地就是个弃妇

雪落在寂寞的土地上
用一片白色抚平荒芜
用静悄悄的洒落传信
进城的主人就要返乡
开始耕种一个新的春天

2022 年 12 月

一幢旧屋

是被遗忘还是特地
保留着的一个纪念
在青瓦白墙的背后
一地残叶几棵老树下
趴着一幢旧屋

土墙坍圮张开缺口
瓦缝里几株枯草伸头

北风吹拂,摇摇摆摆
摇摆出夕阳下远去的牛铃
摇摆开风雨中到来的冬天

屋顶的红瓦让风雨
制造出了一种酡黑
瓦与瓦的距离越来越远
放阳光照进满屋的空荡
引雨水浇洒堂前的青苔

那两扇窗户没有玻璃
用一块塑料布蒙着挡风
现在风吹残破的塑料布
哗啦啦招展如败兵之旗
张扬着旧日的农家日子

2022 年 12 月

稻　　茬

沉甸甸的谷穗收了
完成了生命的过程

米饭里吃出了乡愁么
稻茬在大田里陪伴冬天

一排排站得很整齐
像田野里聚集的士兵
绿色逝去了，金色逝去了
只剩本色的淡黄浅灰

回忆一下少年迎风生长
回忆一下青年碧绿如毯
回忆一下成年金黄奉献
北风中只有老年的沉默

我沿着纵横的田埂行走
然后我走进茫茫一片大田
冬阳下我与稻茬一起蹲守
酝酿接下来该做的事情

2023 年 9 月

第三辑

长江集

秭归,一支盼归的歌

　　湖北秭归,楚大夫屈原故里,相传屈原姊女嫚盼弟归来,因而得名。

　　　　这是一支古老的歌
　　　　古老得有两千多年历史

　　　　面前是浑黄的大江
　　　　急涌的奔腾的江
　　　　浪头捶打着铁青色的崖
　　　　崖面是严峻的沉默的
　　　　歌在江面漂流,跳荡
　　　　雄浑的,悠长的
　　　　深情,又有些悲壮
　　　　你唱了两千多年吗?

　　　　倚着山的斜壁
　　　　(那叫归山啊
　　　　山也忘不了一个"归"字)
　　　　你唱着,你盼着
　　　　你是苍老了些

石头垒成的灰色墙
墙壁露着裂纹
可是你陈旧打皱的裙子
黑色屋瓦上摇曳的枯草
秋风中,你斑白的头发摇曳
你唤着,你盼着

你又是年轻的
满山的橘林
墨绿色的,闪动金色的星
你穿着一件春衫
橘林里闪光是你脸上的红晕
结实的,丰满的身躯
那倚山而起的新楼幢幢
两根高大的烟囱
多么强壮的两只手
乳白色的烟缕
那是在云空里飘动的手巾

你唤着,你盼着
那洞开的道道门
那敞开的扇扇窗户
你张开了千万张口
你唤着,你盼着
归来啊,异乡的弟兄

归来啊,远方的亲人
还在漂泊?
还在漂泊吗?

日子的落叶浮在水面
江水流逝了
岁月消失了
一支盼归的歌
一支古老的歌
两千多年,你就这样
唱着,唱着
倚着那山
望着那水
一个世纪,又一个世纪
这歌唱了好长好长啊
这歌飘了好远好远啊
归来,远方的亲人
归来,异乡的兄弟
听见这支歌了吗?
听见这哀婉的心声了吗?

你站着,渐渐苍老
你站着,不断年轻
风来了,你不动
雨来了,你不动

雷劈来,你不动
浪打来,你不动
有酷烈的暑日
有冷冻的冬晨
你站着,你站着
你是一个理想
你是一个愿望
你是一个民族的意志

你的面前是浑黄的长江
你的脚下是铁青的崖
那是力量,那是坚强
你唱着,你唱着
一支古老的歌

浪头举起来
橘林挂起来
崎岖的山道上蜿蜒
险峻的峡谷里回旋
船夫的号子里飘洒
背木的农夫嘴里低吟
归来的歌,故乡的歌
在云头翱翔
是那彩云中的亮光
在香溪里翻滚

是清水里斑斓的石子

归来吧,兄弟
归来吧,亲人
故乡的山青了
故乡的水绿了
故乡的橘子熟了
可以再谱一曲橘颂
故乡的土是温的
那果实嘟嘟的土豆
那红缨吐穗的玉米
那甜橙,那香柑
那香溪里的桃花鱼……
故乡的怀抱是暖的
这里可以歇足
有撑伞的大树
这里可以安魂
有故人的心灵
这里可以挡风雪啊
没有那游子的艰辛
归来吧,兄弟
归来吧,亲人

这是一支古老的歌
这是一支唱了两千多年的歌

还要再唱下去吗?
远在异乡的兄弟
还要漂泊?
还要漂泊吗?
归来吧!归来吧!
秭归,一个惊心的"归"字
归山,一个石写的"归"字

一支盼归的歌啊
多深的情,多深的意
大江,把歌送到远方
峡风,把歌吹向远方
归来吧,兄弟
归来吧,亲人
我,一个两千多年后的子孙
唱一首盼归的歌

2011年端午节二稿

孟良梯兴叹

传说是一个虚无的幻影

怎载得起人的海样情感
梯是一个幻影
路是一个飞着的彩泡
只有这插入云表的山巅
挺着裸露的胸脯
能把一切幻想的翅膀折断

梯呢？路呢？
绝壁悬崖上斜凿出
一排碗大的石孔
那是一种执着的思想
那是一则向往的故事
那是一个向上的灵魂

到了山腰，没有了
石孔、思想、故事、灵魂
是落进了湍急的江水吗？
我望着那云中的山巅
似乎在把那个灵魂慨叹
不！我是不信
不能开出一条路上这座高山！

2016年1月改

纤夫的路

是汗水，那弓样的
黑脊梁上流下的汗水
是生命，维系那百里外
小茅屋一群生命的生命
是脚板，结着厚茧
岩石般坚硬的脚板
大的脚板，小的脚板
裂开的口子，伤痕累累
一寸一寸，从悬崖上
从乱草中，从石丛里
开掘出来的路啊

这不是路，这是绳索
纤夫用生命踩的绳索
有几千年了，沉重的歌
还在江上漂吗？拉着
长江，拉着一个民族
在缓慢地一寸一寸地走哟

悬崖下,曾掩下多少次
跌下的惨叫,和那爬起来
又躬身一寸一寸前行的躯体
崖壁哟,生命在你胸前
擦下了一条漫长的伤痕!

     2016年1月改

铁锁关遗迹

江南江北两根孤立的铁柱
可还在锈蚀的梦里?
横江拉起七根铁链
就是铁锁了?锁得住
锁得住上下的舟楫
可锁得住岁月
锁得住春风
锁得住浑黄的江流吗?

当年的江流与今日的江流
不是在向东,向东
在流吗?岁月在江流上跳荡

长江,祖国母亲的河
是不朽的,而桎梏
枷锁,终究要腐烂
要消失,要成为遗迹

当我的轮船从这里经过
拉响了嘹亮的汽笛
五星红旗在船顶飘扬
生活和江流在一起前进
铁锁关远远地留在后边!

2016 年 1 月改

滟滪堆凭吊

> 大如马,不可下
> 大如象,不可上
> ——古民谣

古民谣死了
滟滪堆死了
岸边剩一块黑色礁石

在空自悲秋

曾经不可一世地狂吼
暗伏江底,诗人吟出
"不知滟滪在船底,
但觉瞿唐如镜平"
你吞噬多少船只
多少舟人渔子丧命
多少贾客胡商沉江?
你这长江的刽子手
狞笑了多少个世纪

还能让你狞笑吗?
一次震天撼地的爆破
是就地正法的日子
你死了,阴险、残酷、狠毒
永远地死了,刽子手
留一块残骸,作你的耻辱柱!

2016 年 1 月改

船,从神女峰下经过

船,从神女峰下经过
诗留下了,那个山巅
那云雾中蓝色的山巅
那个石头少女
石的筋骨,石的肌肤
意志也是岩石的哟
俯瞰一条不尽的江

她静静地等待
几千年了,她还在等待
等待,那是一个希望
世人端着污水
朝她兜头泼去
她还是她,不脏
世人采集神话
给她编织缥缈的风衣
她还是她,一个纯真少女

诋毁的、赞誉的

几朵白云,从她身边
飘过去,飘过去
她还在等待!等待!
等待是年轻的,不会苍老

船,从神女峰下经过
诗留下了,那个山巅
伴着那个石头少女
俯瞰着一条不尽的江
在等待!等待!

2016年1月改

远了!白帝城

我们是顺着江流航行的
远了!远了!白帝城
山冈上的土红色庙宇
绿荫掩映的一段历史

从八百级台阶上下来
历史走了一段多么遥远的旅程

托孤？江山是你私营的吗？
孱弱昏庸的阿斗扶得上去吗？
虽然尚有勇猛的良将
更有神机妙算的辅臣
最后还是一个悲剧
引多少后人的叹息

远了，白帝城
把叹息丢在江面吧
随着泥沙，让江水卷去
我们是顺着江流航行的
从白帝城里带回一片绿叶
一片绿叶的沉思

我把绿叶夹进一本书里
那是一本还在写的历史课本
贤明者，我们拥护你来掌舵
在三峡这湍急的江流里
我们的船才会奔行不止
不会偏航，不会的
不会撞上历史的礁石
远了！远了！白帝城

2016 年 1 月改

打开,夔门

打开,夔门!快打开
让我出去!出去!
我从遥远的高山上来
我曾被严寒冰冻
信念是坚硬的晶体
当阳光给我一分热
我苏醒了,泪滴汇成了生命

那溪涧中的一缕
那草尖上的一粒
那崖缝中的一注
那湖港中的涟漪
我壮大,我前进
开始了黄色的旅程

巉岩卡得住吗?
巨崖挡得住吗?
我跳下去,我冲上去
我向往那浩瀚的海

那蔚蓝色的天地
打开，夔门！打开
我要出去！我要出去！

我积聚力量
我挺着坚强的胸脯
你这封闭的凶煞
你这无情的岩石
门，算什么？

我禁锢够了
我苏醒了的生命
再也不愿意窒息
冲过去！撞过去
用我的生命和血
门勿开，宁愿死
终于，开了！夔门
我的生命又获得巨大活力
我奔流，我呼喊
无暇回首看那残破的门
门，再见
啊，大海，我蔚蓝色的向往

2016年1月改

夜　泊

我从薄暮中走来
灯火阑珊，橘色天地
车笛，喧嚣，人声
夜泊不夜的都市

我静静地向你注目
钢缆把我们连在一起
这是钢铁的紧握
再不让我们分离

我欣然地走来
我深情地走向你
采撷一捧都市的浪花
带回一束感人的满意

船在喧嚣中睡去
我在友谊中睡去
黎明，不见了你

未道声再见,各自东西!

2017年6月

大宁河诗船

记不得从何处驶来
忘记了驶向何方
颗颗诗心生出了翅膀
翩飞在峻岭秀峰之间
起伏在碧落明镜的波浪
穿过缭绕峦巅的云絮
轻拂小神女飘逸的衣裙
扑闪过两岸无名的小花

满河流过浓郁的芬芳
舞动蓊茂的林木
听云雀唱一支美的灵曲
苍青色的巨石
怪兽夹岸
前方,一条白龙
凌空飞过

挟风带雾,一片喧响

瞬间,按响了快门
一方山河的色彩
在心灵曝光
翅膀染得绿了
诗心熏得香了
终于缓缓飞回船上
只是疾驶的柳叶舟
一阵摇晃
载不动满船丰收的诗行!

2017 年 6 月

留赠东方红号客轮

我们相伴了三天
三天,相见时陌生
拉拉手,我们就是熟人
在这块嗡嗡奏着谣曲
晃动着前进的土地
我们曾经播种语言

收获在你我心中贮存

看轮首如剑
劈开浊黄的江面
溅起的哗哗涛浪
我们的启示相同
生活,就是这样
我们在船尾眺望
落荒而去的潮沫
在远方消失,消失

你似乎在沉思
朋友,我们还是转过头
看明天,即将开始的黎明
江花胜火,沸了你我的血液
真想在晨光中长啸呀
我们只是相视一笑
一切都在无言之中

目的地到了
我们默默走上码头
就要消失在都市
拉拉手,我们相伴了三天
珍贵的三天,难忘的三天
我留赠在客轮上的诗句可以作证

你我不再陌生
在人生的征途上
我们遥相呼应

    2018 年 3 月改

江鸥之歌

你烟波中洁白的翅膀
你大江上腾飞的精英
你是敏捷你是矫健
你是欢乐,你是轻灵
你是美的闪现
你是力的弧形

你是追求,在波涛上书写
你是抒情诗,在江风里咏吟
清晨,心随你的翅膀翱翔
沾一朵水花,带几分清新
清亮的啼鸣在晨雾里滴洒
立即感染了大江上
一次黎明的航行

有人在船尾谛听
这纯洁而动人的清韵

太阳出来了，金色
涂染了大江微笑的波纹
你此起彼落，斜刺而飞
闪电而降，和谐的一群
在阳光里翩翩起舞
在甲板上船舷上热情地啼鸣

啊，江鸥，航行中的伴侣
看到你的欢乐，旅途的寂寞
早化作轻风无踪无影
船行三天，你寸步不离
你的顽强鼓舞了每一个旅人

人生何不是一次飞行？
快乐的飞行，顽强的飞行
穿过波涛，穿过风雨
穿过夜色，迎接黎明
夕阳西下，夜幕降临

江鸥啊，晚安！祝你夜飞无恙
而今夜，不是你入我的梦中
就是我入你的梦中

我的梦会长出洁白的翅膀
在江上不倦地飞行!

2018年3月改

江上夕阳

夕阳的长袍轻轻一抖
抖落了金色,江上荡漾着
一片耀眼的金黄
江岸罩在长袍里了
绿树,青草,几头晚归的牛
那轻轻的哞声也透出了颜色

一切都如那油菜地的波浪
小村的炊烟是软软的
在扬手召唤儿子
熟悉的小餐桌摆着酸菜
母亲正在备着晚餐
一晃都过去了,过去了
我们的船在金色里航行
驶向金色的远方

旅人有淡淡的乡愁
有一刹那金黄色的遐想
啊,无限好的夕阳
年华,短暂的,太短暂了
有多少,未完成的计划
有多少,要实现的理想

船首轻捷地冲击
冲击开乡愁的慨叹
迎来又一幅绚丽的图案
深红色,在那前方
江上暗了,江岸暗了
绛红色,暗红色
夜的先驱正悠悠地走来

江的那头,我们要去的地方
抖开了耀眼的红缎
夕阳变作一粒红豆
相思的红豆,向我们的船眺望

深深地望,轻轻滑下
滑下了江心,江上
有一片红色,相思的血
于是黑暗走来,大踏步走来

我能摸到夜的衣袂

轮船拉响了汽笛
深情的汽笛,轮首
朝夜的胸脯撞击
我们在夜色里远航
没有忧思,没有惆怅!

2018 年 3 月改

眺　江

推开明亮的窗扇
敞开封闭的心扉
望莽然东去
浩浩荡荡一江流水

百舸在江上迅行
将流逝的光明紧追
汽笛从胸中响起
把进军的号角频吹

阳光洒的都是金箔
岁月比金箔珍贵
江上没有人叹息
时间拽在手内

一只江鸥自水面腾起
翅膀闪着光辉
心的翅膀张开
寥廓江天任我奋飞！

2018年3月改

石　岸

我在石岸边流连
石岸对我默默注视
扯过一缕晨风
凛然之气在我们中间
严肃冷峻地升起

我开始了呼叫

浪涛跳起来了
如千万头怪兽猛扑
千万只晶莹的小拳头
腾起的泥黄腿
猛摇猛扫，千万颗细密的牙齿
搂住石岸啃啮

石岸似乎有一刹颤抖
马上又是冷峻的坚定
胸傲然地挺起，几棵小草
在头顶悄悄叹息

波涛无可奈何地走了
还要来的，我知道
石岸听见我的呼叫吗？
我却听见了石岸的默语
我扬起手再见
我的石岸，永远
永远地屹立！

2018 年 3 月改

黄皮肤的江

长江是黄皮肤的江
是黑色土地,铁青色崖壁
绿色的原野里流动的
黄皮肤的江
是太阳与土地的儿子

我是太阳与土地的后代
我也是黄皮肤的子孙
太阳与土地的结合
诞生了花与草
诞生了城与乡
诞生了岁月
诞生了生活哟
诞生了黄皮肤的江
和黄皮肤的中国

我的头上有太阳
我的脚下是土地
我在太阳照耀下行走

我在土地里辛勤劳作

我的晶莹的汗滴
我的祖先的晶莹汗滴
中华几千年的汗滴
是太阳与土地的颜色
汇成了一条大江
和在长江上行驶的
黄皮肤的我们！

2018 年 3 月改

标　　灯

是傍江而建的宾馆
倚着晾台的栏杆
我看夜的长江
有绿光在胸上一闪一闪

是一朵妩媚的花
开了又谢，谢了又开
正用自己的生命

给夜航指一条坦途

是温柔的眼睛
一眨一眨
在静夜里寄托深情
给旅人一个好梦

是一个勇敢的精灵
有浪涛的拍击
有风雨的洗礼
她娇小的身躯饱含毅力

倚着晾台的栏杆
我望她孤独的身影
你不是寂寞的
我的心与你为伴!

2018 年 3 月改

江　湾

流水的胳膊肘一拐

又畅畅快快地走了
在这里留下了江湾
巴望着母亲不见踪影

在这里留下了江湾
留下了港口的喧哗
一个热闹的避风地
挤满了高的低的桅樯

留下了一截生活
傍晚船上有炊烟升起
沙滩上有人溜达
而船与船的对话是呼喊

小镇应运而生
油盐、酱菜总是俏的
半爿半爿的猪肉
嘿嗬嘿嗬地往船上搬

来了又走了
迎来送往的江湾
四层楼的大客轮挺胸走过
可惜她不在这里靠岸！

2018 年 3 月改

西 塞 山

千寻铁锁沉江底,
一片降幡出石头。
——刘禹锡《西塞怀古》

有秋山的雍容大度
枫林叶红蓬茅入暮
樵哥在坡头吟诵
我道西塞也不过如此

却是错入她的后岭
借问老翁遥指
羊肠小径挂在绝壁
瘦人路仅容瘦人侧身

西塞西塞你展露真容
以胸截流,是要涉江
却被江流阻住
于是轰然激漩,凝成
千古雄风峻貌

永难解除的僵持

山难挺进一步,水没有
半点疏忽退缩
山与水的拼搏,壮伟
气概袅袅驾云腾雾
一只出击的拳
勇猛的大江接住

而那千寻铁锁呢?
沉江了,和那降旗
和那歌舞升平和那
黯然王气一起沉江了
沉不下的是刘禹锡的诗句
走到名胜词典中做了注释
和令人难以按捺的倾慕

结伴登山不为怀古
只为倚壁问江
让千秋豪气沁入肺腑!

2021 年改

泊船的早晨

是一首优美的抒情诗
江风擦净了早晨
擦净了江边码头
在泊船上留下了汗滴

姑娘的长辫在腰间晃动
一只拖把蘸着江水
轻舒臂膀
慢挪美足
甲板上擦得如一面镜子
腰肢如江岸的花枝摇曳

倾注了热情
倾注了细腻
我敢说,那是一种享受
肯定有无限的乐趣

泊船鲜亮了

如早霞般鲜亮
泊船明净了
如这透明的空气
甲板真的是一面镜子了
照见她的影子
面颊上有晶莹的汗粒
是一枝带露的花蕾

船顶有株钢铁树
万国旗在哗哗絮语
一夜的歇憩
她精神十足
去走新的旅程

我记下了泊船的名字
泊船上的一个姑娘
装点了江湾的早晨
给早晨揭示了美的含义!

2021 年改

老 水 手

夕阳把他的影子拉长
他在岸边伫立
身子紧贴着长江
怎么能不牵挂长江？
五十年的岁月
在波涛里颠簸摇晃
老伙计哟，他望着
那只油漆一新的船

船已经开航
他的心离他而去
胸中空空荡荡
眼泪，与江水颜色一般的眼泪
爬满他江水一般颜色的脸庞

一只小手拉他
——爷爷，回家
——唉，老了，老了
他把外衣往肩上一搭

把叹息留给波浪

牵着孙子回家
我还要回来,他想
即使死了烧成灰
骨灰也要交给长江!

2021年改

泊　　船

傍晚的江面
落日浑圆
江风拂拂
江鸥翩翩
把短暂的悠闲
让给年轻的伙伴
他们上岸去了

窄窄的后舱里
两人留船值班
棋子敲响了寂寞

烟卷点着了傍晚
静,真静啦
江浪轻拍
远看都市的华灯
棋子不和不战
他有他的冥想
你有你的思念
他有乡下的妻子
七八亩责任田
你有纱厂的爱人
可能正上夜班

沉思冥想
还是棋子打破寂静
两人相视而笑
又把烟卷点燃!

2021 年改

吊一位水手

那船的吨位不大

也经过不少风险
但在一个平常的夜里
骤降的灾难导致沉船

一个生还的水手告诉我
你正在底舱休息
船舱做了你的铁棺
再也不会回来了

你沉到深深的江底
永远,永远
(不会为了打捞一只小船
而断航江面)

你留下了什么?
这浩荡长江啊
曾经有过你的身影
你的足迹
你的呼喊

而一切都流过去了
江水并无变化
(江水是无情的)
只有无止无尽的忆念
在盼你归航的码头

在你瘦弱的妻子
和未成年的孩子心间

一条船消失了
一个水手消失了
大江依旧东去
看我把酒酹浪
将你祭奠!

2021年改

第四辑
血色集

闻一多颂

——纪念先生八十周年诞辰　五首

毛泽东曾指出:"我们应该写闻一多颂。"

闻一多(1899—1946),湖北浠水人,著名学者、诗人、民主战士。

先生,不要遗憾

闻一多曾遗憾地说:
我生长在长江边,写过几年诗。
但没有写过一首长江的诗,实在对不起长江。

是的,你落生在长江的岸边
儿子对母亲有着特殊的情感
晨风里,纤夫的号子拉开了江上的薄纱
悲壮的号子震动了水上的樯帆
一步步哟,背着艰难赶路
一声声哟,对着苍穹呐喊
奔腾的江水哟,是沸腾的血液
一开始就注入了你强健的血管

长江用乳汁哺育你成长
长江用风浪锤炼你肝胆
对着东去的江水,你曾长久沉思
从朦胧的清晨,到落日的傍晚
你渴望长江不流痛苦,只流欢乐
你渴望长江不卷忧愁,只泛笑颜
你带着儿子对母亲的留恋离开了长江
但海角天涯,长江却奔流在你的心间

是的,你是一个诗人,这样一个诗人
正直、豪放,像长江一样坦然
你挥起拳头擂着大地的赤胸
迸着血泪,为我的中华大地呐喊
你的诗,是一股刚烈的旋风
搅动着几千年的死水一潭
你的诗,是一支燃烧的红烛
用自己的身子,照亮着无尽的黑暗

是的,你没有专门写一首长江的歌
但是先生啊,你用不着遗憾
你学者与战士的伟大一生
就是一首歌颂长江母亲的宏伟诗篇
看,宁肯在贫穷困苦中跋涉
不向权贵折腰,你没半点的媚骨奴颜
你有大江席卷腐臭的气势

把恨,变成射向黑暗社会的子弹

先生啊,不要遗憾!不要遗憾
一代代后人,将牢记住你壮丽的诗篇
你横眉怒对国民党反动派的手枪
你拍案而起,浩气冲天
你表现了中华民族的英雄气概
作为民主战士,你战斗在最前沿
啊,大江东去,东去的大江
流淌着先生追求真理的志向不变!

满 江 红

五四运动这天,清华大学学生因受到帝国主义阻拦,没参加北平的学生游行。当夜,闻一多手抄岳飞的《满江红》,贴在清华校园。

问你胸中,此时有什么在奔涌?
问你手上,此时攒了多大的劲?
看啊,你的胸脯在剧烈地起伏
看啊,你手中的笔攥出了指印

怒发冲冠,怒火烧红了你的双眼
仰天长啸,你高唱宏词《满江红》
一字字,何等悲壮,字字裹着仇

一句句，何等激烈，句句挟着恨

北洋军阀，这伙当代的秦桧
趴在洋人脚下，把中国主权奉送
靖康耻，南宋苟安局面又将重现？
臣子恨，人民涂炭，国家又将被瓜分？

不！中华有"饥餐胡虏肉"的英雄
不！中华有"渴饮匈奴血"的民众
反帝反封建，争民主，争自由
神州大地，卷起了十二级飓风

清华校园，这帝国主义禁锢的土地
怎禁得住爱国的烈火在地下运行
四堵高墙，帝国主义设置的地狱
怎关得住历史的潮流呼啸奔腾

推开窗，你面对浓重的夜色
张开臂，你呼唤历史的暴风
紧攥的笔啊蘸着胸中的火
在洁白的纸上有力地挥动！挥动！

于是《满江红》词成了一星火种
撒到了清华园爱国者的心中
千万人心中的火燃烧起来了

照彻了校园里黑茫茫的夜空

高墙倒塌了,禁锢崩溃了
清华园吹进了战斗的旋风
清华,和全国人民站到一起
合力敲响旧世界的丧钟

你,奔走在向旧世界进军的前列
游行的队伍像一条蜿蜒的长龙
不,这是奔流在神州的又一条大江
看江上旗翻浪卷,啊!满江红!

流　　囚

1922年至1925年闻一多留学美国时,在给亲友的信中说:"我是一个流囚。"

眼见得,祖国像风雨中的破舟
在苦难的海洋里颠簸,漂流
压在重重大山下的同胞啊
怎样才能摆脱这灾难的渊薮

挺身而出,且把救国出苦难的重担
昂然地承放在自己稚嫩的肩头
怀着一腔热血,向着西方而去

将拯救祖国出苦难的方法寻求

你踏上了这大洋彼岸的帝国
所见的是纸醉金迷、灯红酒绿
但是摩天大楼掩盖不了破房陋屋
富丽堂皇中弥漫着熏天的铜臭

贫富不均啊，贫民窟里的饥号
你懂了在这里幸福不是人人都有
种族歧视啊，黑人区的惨状
你明白了什么是女神手中的自由

海关边走狗凶神恶煞地盘问
你眼看着祖国的尊严受到侮辱
那些白眼、蔑视、傲慢无礼
只能空增你一肚子愤怒

因为你是有色人种，天生低下
这样的日子，真使人难以忍受
唐人街，洗衣妇搓着血泪
苦难同胞，诉不尽无边的苦楚

远离亲人，你犹如一个孤儿
落入了这近代的文明地狱
鸿雁传书，你裹着忧郁写道

你是一个漂流海外的流囚

冷酷的现实使你从梦中醒来
这里不可能找到救中国的道路
你渴望快点结束这流囚生活
你希望早日回到自己的国土

终于，你这个流囚从大洋那边回来
回到了仍是黑暗破败的神州
但你的一颗救国之心在更激烈地跳动
朝着民主朝着解放迈开了大步！

尾 巴

反动文人污蔑闻一多是共产党的尾巴，闻一多却自豪地说："有头就有尾，我甘愿当共产党的尾巴。"

尾巴，这字眼虽然不够庄重
但有头就有尾，本来如此
共产党是解放中华民族的头
就必然要千千万万的人做尾巴和身子

面对对手的恶意污蔑和攻击
闻一多的回答是多么坚定有力
心甘情愿做中国共产党的尾巴

就是投身民族解放要坚定不移

尾巴,并不卑贱下作
而是革命队伍不可分离的一部分
他跟着队伍向黑暗世界冲锋
他跟着队伍向反动势力进击

党的大脑指挥他感应的神经
党的心脏供给他奔流的血液
他和头一起行动,一起思考
头的思想,就是他坚强的意志

自从他找到了这个伟大的头
一切紧跟着头,不徘徊不犹豫
在这夜气如磐的森冷季节
他挺立着从头延伸而下的强硬骨脊

这尾巴,锐利如同利刃
一次次剥开反动派的画皮
这尾巴,锋利如同刀剑
一次次向魑魅魍魉砍去

啊,尾巴,伟大的尾巴
党的战士才是他真正的含义
党为有这样的尾巴而高兴

革命有无数尾巴才能取得胜利

先生啊,你应该自信和骄傲
让反动派在你面前丧胆,悲泣
最终,他们被钉上了耻辱柱
而尾巴却载入了不灭的青史!

最后的演讲

1946年7月15日在昆明举行的报告李公朴被害经过的大会上,闻一多作了最后一次演讲,傍晚被国民党特务杀害。

国民党反动派成了一条疯狂的狗
已把内战的大火燃遍了苦难的国土
这样的日子啊,春城的春天在哪里
白色恐怖的魔影,踯躅在昆明街头

然而,反内战、争和平的大潮
正在黑暗统治下人们心中奔流
民主,罪恶的黑手扼杀不了
正义,何惧面对黑洞洞的枪口

李公朴先生英勇地倒下去了
站起了千万个李公朴的战友

闻一多,早把生死置之度外
此时,为了民主正在四处奔走

谩骂、恐吓,怎能阻止历史的前进
绑架、暗杀,怎能扼住真理的咽喉
闻一多,拍案挺立在黑暗的寒流里
向着国民党反动派发出了声声怒吼

无耻啊无耻,反动派无耻至极
李先生有什么罪?为何遭此毒手?
特务们,你们站出来!站出来
是个人就站出来说说你们的理由

正义是杀不完的!真理永远存在
李先生的血,人民不会让他白流
反动派,你们快完了,快完了!
光明就要来了,这个日子绝不会长久

先生的呼吼,像号角响彻天宇
鼓舞千千万万民众团结战斗
正义的吼声,像炮弹炸响敌群
反动派在吼声中惊慌,发抖!

几十年郁积在诗人心中的怒火
在今天终于喷出了火山口

闻一多,踏着李先生的血迹走去
生命在黎明前化着照亮黑暗的红烛

反动派,残忍地杀害了闻一多先生
最后的演讲刻在了历史的心头
伟大的诗人!伟大的战士
英名载史册,伟绩传千秋!

1979 年 7 月

巍 巍 丰 碑

——献给解放襄阳战斗中的勇士们 三首

突 破 口

专制的城墙坍塌了一片
那是仇恨与爱拌的炸药
用愤怒点燃导火线
轰的一声,胸中迸出怒火

突破口,硝烟弥漫
火力把死亡向攻城者倾泼

反动与腐朽在拼死挣扎
守着旧王朝不愿退却

勇士,把恨推进枪膛
把爱贴上发热的枪托
竹梯竖起来,又倒下了
热血浸烫了护城河

恨,化作了腾腾的火
爱,吹旺了熊熊的火
炸药包举起来,举起来
举起了燃烧的红心一颗

坍塌了,坍塌了,那城墙
黑暗在这里被突破
冲锋号吹起了,激越响亮
吹沸了汉江千顷碧波

踏着战友的热血,冲
踩着敌人的尸体,冲
黎明在枪炮声里降临
光明从突破口通过

降临了,解放和自由
降临了,千年古城襄阳

突破口,竖起鲜艳的红旗
攻城勇士擎着新中国的曙光一抹

墓　　地

这里是一片静悄悄的墓地
一千多位烈士在这里安息
在解放襄阳的激烈战斗中
他们的鲜血染红了城头的云霓

这里是一面向阳的山坡
烂漫的山花点缀着如茵的草地
春风深情地从这里吹过
满山的松涛在轻声讲述

可在叙说那悲壮的战斗?
可在叙说勇士们不朽的业绩?
闪着寒光的刺刀插进敌人的胸脯
裹着仇恨的子弹索取残敌的尸体

一个固若金汤的城池崩溃了
一个建在沙上的政权轰然倒地
凶残的子弹带着顽抗飞来
勇士倒下了,牺牲在黎明前夕

在一个风清日丽的春季
我来到墓地久久地沉思
我静听松涛的娓娓话语
思绪借着春风展翅飞驰

今日的襄阳，阳光温暖
繁华喧闹，充满蓬勃朝气
芸芸众生，你来我往
向土地取财，在天空写诗

可你们是否知道身边的这座山
和山上的这片墓地
这里有一千多双眼睛啊
他们在默默地把你们注视

烈士纪念碑

沿着红花翠柏掩映的石级
我们攀向羊祜山的高处
在那旭日霞光普照的地方
襄阳烈士纪念碑高高矗立

啊，巍巍烈士纪念碑
那是一只高高扬起的手臂
冲锋的信号升上夜的天空

勇士们端起刺刀出击

冲锋,他高扬起的手臂
指挥一阵旋风一阵霹雳
铁脚踏破敌人牢固的工事
炮火像疾风扫荡守城顽敌

啊,巍巍烈士纪念碑
那是勇士们挺立的身躯
夜的城墙边,勇士们伏着
泄光的子弹像蝗虫般密集

登城的梯子被炮火炸断
他如一只猛虎跃起
他挺立着把战友送上肩膀
城墙边血肉搭起了一架人梯

啊,扬起的手臂,不倒的身躯
三十多年经历了风风雨雨
清晨,他摘一片灿烂朝霞
在晨风里抖开一面鲜艳的旗

今天,我们一群后来者
结伴向纪念碑的高度攀去
我们高扬手臂呼唤人们冲锋

我们挺立着,愿当攀登者的人梯!

1982年4月2日

血色红安 七首

红安的土地

这是一片普通的土地
在中国这样的土地到处都是
山坳的瘠土不生长财富
高崖的陡峭悬挂着贫穷
真正是斗笠般的田畴哟
低矮的茅屋里只能走出
黑手黑脚的造反者

梭镖大刀长矛的兵器
暴动在那个凄冷的夜晚
飘动的红色标识带
蘸着血火与硝烟
写下这块土地的第一页履历

诗人的避讳我无法绕开
要准确地写出这块土地
我要让数字入一次诗
为了人民共和国的诞生
这个县死了十四万人
其中有二万二千五百五十二名烈士
这里走出了三支红军队伍
这里出了二百二十三名将军
这里出了两任国家主席

纪念碑高耸在蓝天
陵园花木翁郁翠碧
还活在这块土地上的人们哟
他们静静地和共和国站在一起
看着陵园的花开与花落

第七十二名

村里有个老人死了
全村人都为他送行
花圈摆了许多许多
县里省里北京的领导
都来悼念他的英灵
他是村里的普通农民
他是村里第七十二名红军

村里人在好多年前
送走了他们七十二个
共和国诞生的一个早上
村里回来一个老兵
他们呢？那七十一个呢？
家乡的青山瞩望
老区的流水发问

老兵默默地俯首
躬着满是伤痕的腰身
从此他晨起赤脚下田
暮归时牵牛肩犁走过田埂
战场上未流尽的热血洒在田野
绽一畈红花殷殷
红军时尚存的汗水浇在故土
长一片丰收告慰乡亲

几年后才知他是红军团长
肩负七十二人的追求
记着七十一人牺牲时的叮咛
老人皓首不绝的奉献
书写了一代人的精神
村里人送走了第七十二个
第七十三第七十四第七十五……
队伍里走来一群一群

铜　　锣

颂歌已经唱了许久
大别山腹地的红安
红安的一面铜锣
举在高大的赤卫队员手中
被激越豪放的诗句
擦得闪闪发亮
像陵园墓地的一面太阳

那首民谣那首，铜锣一响
四十八万，男将打仗，女将送饭
民谣印在书上，流传在口上
年年清明花圈丛中
静默的致敬时刻
那首民谣被人念起
念起就望见陵园的铜锣
被高大的赤卫队员举着

我见到那面铜锣了
革命文物陈列馆里的铜锣
很朴实很暗淡很久远
历史的烟尘染得很严峻
在回忆在深思令人肃然

我站在铜锣面前久久不语
铜锣是老区一只不闭的眼睛
我突然觉得颂歌很苍白
重要的是那喳喳的声响
八十多年前使四十八万人暴动
八十多年后使六十六万人奋起

乘马岗乡

乘马岗,乘马岗
穷得丨当都不响
阴阳先生看不透这里的风水
朝朝代代统治者都不愿光顾
茅房烂屋冒不出炊烟
讨吃打工卖儿女
人人脑后都有反抗之骨
人人脸上都有富贵之势
乘马岗,乘马岗
穷山恶水之地
藏龙卧虎之邦

风雨硝烟九十年过去
乘马岗有三千烈士户
山山留了战痕
岭岭响过枪声

中国革命在这里
造就了十二名将军
三十四名省军级干部
从这里乘马上征程

乘马岗，乘马岗
一地风水宝地
将军们都乘马去了
后来者乘马跟上
汗水浇穷山山山绿
热血染恶水水水清
乘马岗，乘马岗
大别山中一个乡
老区一面不倒的旗

茶　园

四月的茶园摇曳少女
茶树很绿很绿
绿遍大别山的岭岭坡坡
少女很红很红
红成一片烂漫的山花
四月开始采新茶
茶园和少女构成风景

击退反动派的一次次进攻
山坡成了劫后的土地
树倒了山焦了战友牺牲了
热血把土地染得好湿
司令员踏着静悄悄的阵地
默默地举起了修工事的镢头

一把把镢头举起
一颗颗茶籽播下
浓郁的硝烟还未散去
大别山的土地就开始孕育
嫩锐的芽尖朝上伸展

队伍突围出去了
战士又倒下许多
只有山坡还在
只有茶籽还在
在战士流血的地方
茶叶长得很茂盛
采茶的少女开成红花

四月的茶园摇曳少女
年年清明采摘新茶
漫山遍野碧绿的思念
种茶人播下的种子年年发芽

王秀松的故事

父亲生了他爱了他
供他上了洋学堂
父亲却没能阻止他
参加一次穷人的暴动
建立了苏维埃政权
他是暴动者的领袖
领着穷人分了父亲的土地
父亲痛骂这个王家逆子

他的故事在鄂豫皖
如漫山遍野的茅草
生长在每一个角落
他带着队伍上了山
他的父亲就开始反攻倒算
要回了分出去的土地
公开和红色苏维埃
竖起了对立的旗杆

墨黑的夜山风吹轻寒
他潜伏在山林之间
他堵了父亲的窝子
父亲喊着他的小名

他却默默地摇头
就送给他父亲
一颗震撼大别山的子弹

不知他当时是否犹豫?
父子情是否闪过一瞬间?
枪声是最终的回答
革命者用血写的事实
让我写成故事朝下流传

干　娘

干娘在地里锄草
日头正烈蝉鸣山野
干娘是八十岁的孤老
默默地干地里的活儿

豆苗和杂草分得很清
汗水从干娘沟壑般的皱纹里
滴落进土地
干娘在地里锄草
想唱一支年轻时的歌
嗓子却像干涸的河
喑哑得没有一点水声

将军从很远的地方来了
翻过了几重山越过了几道岭
将军在地边愣了
立正站成一棵松树

枪声像爆豆般响过来
红军战士藏进干娘的怀抱
干娘交出了自己亲生的儿子
让敌人在河滩上杀死"红军"
两只红薯送战士上路
干娘,战士在心里一年年喊着

将军两肩上的金星沉默了
日头把金星的光泽反射很远
干娘,将军把几十年的思念
迸聚进这一声呼喊
喊声里储藏的分量
大别山的土地也压得颤抖

干娘拄着锄柄眺望
暗哑的嗓子终于唱出一支歌
送儿当红军!

1991年4月

中国，一个老兵的故事 _{长诗选章}

军　功　章

三枚军功章
经过七十年风雨
静静地摆在这里
没有改变颜色
金黄还是那样闪亮
红色还是那样艳丽

阳光普照大地
大地一片金黄
土地处处肥沃
生长麦子
生长稻子
成熟季节
麦子稻子一片金黄
攻城的战士
军装的黄色
被战火映照

也是金黄
金黄是军功章的颜色

火焰是红的
军旗是红的
庆功的花是红的
炮火是红的
热血是红的
碉堡飞上天
把浓重的夜撕开
力量是红的
战士的心是红的
红色是军功章的颜色

三枚军功章
金色与红色凝成
金属铸就
钢铁般坚硬
静静地摆在这里
军功章的主人
静静地坐在这里
深藏六十多年了
他在这里微笑!

一只旧皮箱

这只旧皮箱
比他大女儿还年长
已经过了退休年龄
六十多岁了啊

当兵行军打仗
一只背包是军人的家当
到了武汉结婚时
他才有了这只皮箱

他选择了远方的山
他选择了最艰苦的地方
他把军功章立功证
压在箱底
然后带着新婚妻子
提着皮箱启程

此行关山重重
此行征途迢迢
此行战士不回头
此行他把人生交给山里

他在山里落户
皮箱也在山里落户
他一天天老了
组织让他离休
皮箱一天天老了
箱面翻卷
箱角磨损
但皮箱还坚守岗位
给他保守秘密

这只皮箱太旧
旧得无人注意
这只皮箱摆在家中
家人也没看在眼里
那不过是他的一个纪念
谁也不知道里面有什么东西

直到他把秘密交给组织
这只皮箱才有了名气
皮箱登上了报纸
皮箱还上了电视
六十多年的皮箱
也有使命与坚守
和主人一起！

1953 年版字典

这是一座老仓库
装着满肚子学问
你几十年诲人不倦
当他的老师

他当年结交了你
你们从此不离不弃
你帮助没上过学的他
获得了初中学历

那时功课紧张
两年学完初中课程
他白天听课夜里自习
不懂的地方就请教你

你陪他早起朗读
你陪他深夜做题
你陪他给墙报写稿
你陪他写读书笔记

他离休后还在阅读
《人民日报》《半月谈》

马列原著习近平讲话
你仍然与他形影不离

他爱老伴和子女
他爱人民和组织
他的爱终生未改
他也爱不声不响的你

你很辛苦勤劳
封面残缺背脊破损
你已经有了老态
他没休息你也不休息

他找来白纸
补全了你的封面
他用耐磨的胶布
重新装订了你的书脊

你摆在桌上
他坐在书桌边
你们朴实整洁
你们干净纯粹清癯！

搪瓷茶缸

人民派出慰问团
慰问他们最爱的人
一只搪瓷茶缸
装着祈愿祝福
和浓浓的感情
赠给中国人民解放军

战士接到茶缸
和茶缸上写的
保卫祖国
保卫和平
军人的八字使命
人民的殷切希望啊
茶缸的分量很沉

战士走上征途
背包边扎着茶缸毛巾
战士带着茶缸
行军打仗
北战南征

战士用茶缸喝水

战士用茶缸洗漱
战士用茶缸吃饭
战士用茶缸祝酒庆功

从北方到南方
从城市到乡村
茶缸舀过黄河的水
茶缸挖过边疆的雪
茶缸沐过江南的雨
茶缸吹过塞外的风
时刻记着茶缸上的字
战士不忘人民交给的使命

茶缸随战士转业
茶缸伴战士到来凤
从此茶缸和战士一起
上山，炸石修过挂壁路
进城，兢兢业业为人民

战士老了，使命未老
茶缸旧了，字迹未旧
八个大字依然鲜明
战士与茶缸相濡以沫
他们一起回忆过去
永不改变初心

茶缸口沿和外壁
搪瓷已经脱落
茶缸的底部
打了两块补丁
当年的战士
如今已是九旬老兵

老兵不愿丢弃茶缸
老兵对茶缸一往情深
看到茶缸
就像看到战友
茶缸在他身边
他每天得到提醒
有茶缸相随
老兵觉得自己永远是兵!

中华人民共和国地图

客厅墙壁上挂着
一幅彩色地图
地图上的中国
是一只振冠的雄鸡
共和国的老兵
在地图边久久伫立
客厅因地图

显得宽敞
因为地图上的祖国
客厅更加明亮

武陵山中小县
酉水河边来凤
老兵转业到此
已经六十四年

老兵确实老了
不能离家远行
家里挂一幅中国地图
他的眼睛可以在国土上巡礼
陕西汉中洋县
那个遥远的小村
老兵可爱的家乡
如今不再贫穷

当年从陕西出发
千里迢迢长途行军
啊,到了甘肃酒泉这里
再从酒泉进军新疆
到达喀什守土戍边
驻守边疆重镇
转业后再没回去

啊,我老部队的战友
你们是否知道万里之外
有一个老兵在思念你们

啊,这里是北京
我们伟大的首都
祖国的中心
老兵想到长安街走走
真想再去一次天安门
看看国旗兵列队
看看五星红旗冉冉上升

从北京到武汉
龟蛇锁江看黄鹤
两江交汇大江城
从武汉出发向西
这里是荆州
这里是宜昌
这里是恩施
我们来凤在这里

家里挂幅地图
中国装在老兵心里
读书看报看电视
碰到老兵熟悉的地名

他就站到地图跟前
把那个地方找到
还要就事情与地名
做些研究分析

家里有张中国地图
这眼界就阔了
这距离就近了
想去祖国的哪个地方
老兵就在地图前
用眼睛搜寻
用手抚摸
他摸到祖国强劲的脉动
他每天和祖国
站在一起!

老兵的军礼

新疆老部队来人
看望他们的战友
老兵张富清

绿色军装出现
八一军徽闪动
新疆,王震,三五九旅

老兵有点耳背
但这几个关键字
却听得分明

老兵顿时热泪盈眶
老兵心里掀起波澜
老兵回到激情岁月
老兵听到冲锋号声

老兵站起来了
用一条独腿
坚强地站起来了
缓缓举起右手
行了一个庄严的军礼

啊,我的战友
啊,我的连队
啊,彭德怀元帅
啊,王震将军
我永远是你们中的一员
我永远是人民军队的兵

老兵行了离开部队
六十四年后的一个军礼
老兵穿着军装

老兵戴着胸章
老兵头顶军徽
老兵脚踏大地

老兵是武陵山中的
一座巍巍青山
老兵是酉水河中的
一股激情波浪
青山不坠凌云志
流水不息奔大江
老兵永远跟党走
老兵为民之志永不移

老兵举起右手
向着祖国
向着伟大的党
向着英雄的人民
向着人民的军队
敬礼！敬礼！

中国，2019年
这个鲜花开放的五月
在人民弘扬奉献精神
凝聚起万众一心
奋斗新时代的强大力量时

一个95岁的老兵
他的一个标准的军礼
是一次集结号
是一道冲锋令
是一座山样的楷模
是一种磐石样的精神

共和国的老兵啊
我们这些后来者
与你一起行进在队伍里
朝着新时代前进!
前进!前进!

2019年5月